Tama
Busfahr

Tamara Bach, geboren 1976 in Limburg, studierte Germanistik und Anglistik in Berlin. Ihr erster Roman ›Marsmädchen‹ (dtv pocket 78205) wurde mit vielen namhaften Preisen ausgezeichnet, u. a. mit dem Oldenburger Kinder- und Jugendbuchpreis als bestes Debüt und mit dem Deutschen Jugendliteraturpreis. Auch ›Busfahrt mit Kuhn‹ wurde für den Deutschen Jugendliteraturpreis nominiert.

Tamara Bach

Busfahrt mit Kuhn

Roman

Deutscher Taschenbuch Verlag

Von Tamara Bach ist außerdem bei dtv junior lieferbar:
Marsmädchen, dtv pocket 78205

Ungekürzte Ausgabe
In neuer Rechtschreibung
April 2007
Deutscher Taschenbuch Verlag GmbH & Co. KG,
München
www.dtvjunior.de
© 2004 Verlag Friedrich Oetinger, Hamburg
Umschlagkonzept: Balk & Brumshagen
Umschlagbild: Buchholz/Hinsch/Hensinger
unter Verwendung eines Fotos von Kellner + Sonnenberg
Gesetzt aus der Sabon 11/14˙
Gesamtherstellung: Druckerei C. H. Beck, Nördlingen
Gedruckt auf säurefreiem, chlorfrei gebleichtem Papier
Printed in Germany · ISBN 978-3-423-78216-6

*für meinen Bruder,
die Jungs
und für Pedde*

»Weißt du, was ich manchmal denke? Es müsste immer Musik da sein. Bei allem, was du machst. Und wenn's so richtig scheiße ist, dann ist wenigstens noch die Musik da. Und an der Stelle, wo es am allerschönsten ist, da müsste die Platte springen, und du hörst immer diesen einen Moment.«

Absolute Giganten

Prolog

1.

1. Reichen Sie bitte drei Filmideen ein. Erarbeiten Sie diese drei Ideen auf insgesamt 15 Seiten. Dabei ist es Ihnen völlig freigestellt, in welcher Länge Sie die jeweiligen Stoffe behandeln. Sie haben in der Wahl des Genres vollkommen freie Hand, einer Ihrer Stoffe sollte allerdings ein Kurzfilm sein.
2. Beschreiben Sie kurz (nicht mehr als eine DIN-A4-Seite) den Inhalt jedes Filmes. Aus Ihrer Beschreibung muss ersichtlich sein, welchen Ausgang Ihre Geschichte nimmt.
3. Fügen Sie Ihrer Bewerbung bitte einen tabellarischen Lebenslauf bei.
4. Schreiben Sie auf ca. 3 Seiten frei aus Ihrem Leben.
5. Fügen Sie Ihrer Bewerbung ein Foto bei. Dieses muss auf den Bewerbungsbogen aufgeklebt werden und darf nicht auf die Bewerbung kopiert sein. Heften Sie Ihr Foto nicht an!
6. Die Bewerbung ist bis zum 15. Mai in sechsfacher Version einzureichen. Beachten Sie bitte, dass es bei Einschreiben zu Verzögerungen kommen kann, da unser Büro nicht immer besetzt ist. Sollten Sie dennoch sichergehen wollen, dass Ihre Bewerbung eingegangen ist, fügen Sie Ihrem

Schreiben eine an Sie adressierte und frankierte Postkarte bei.
7. Mit der Entscheidung der Jury ist Ende August zu rechnen. Sie werden schriftlich benachrichtigt.

Wie sollte ein Film anfangen?

Vielleicht mit Musik.
Musik, die zu einer Kamerafahrt passt, wenn das Frühlingslicht durch die neugrünen Blätter der Bäume in der Straße fällt. Musik wie dieses Licht Anfang des Jahres. Musik wie Zeitlupe. Phantom/Ghost, *Perfect Lovers*. Die Fahrt wie auf einer Sänfte, so ruhig. So fahren meine Augen die Straße entlang, die Sonne auf dem Gesicht, die Kameraaugen schwenken nach rechts in die Straße.
Wir sehen ihn. Noah. Er steht vor dem Haus vor seinem Roller, beugt sich über den Sitz, dann blickt er direkt in die Kamera, winkt. Die Kamera fährt an ihn ran, Close-up.

Off: Hi.
Noah: Na du? (Seine Hand greift in die Kamera, die Kamera wird herangezogen, das Bild verwischt in Haaren, in seiner Halsfalte, die noch ein wenig nach Rauch und Haargel riecht. Also nach ihm. Kamera fährt zurück.)
Off: Lange nicht gesehen.
Noah: Wie war die Schriftliche?

Off: Ging so.
Noah: Wie, ging so? Muss ich mir Sorgen machen?
(Die Kamera schüttelt den Kopf.)
Noah: Na dann.
Off: Und selbst?
Noah: (greift sich in die Haare, wie er das immer macht, dabei benutzt er so viel Gel, dass man manchmal denken könnte, seine Hände bleiben drinnen stecken, aber das tun sie nicht. Kamera sieht die Arme, die aus dem T-Shirt kommen, blonde weiche Haare auf den Armen, Sommersprossen, lichtempfindliche Haut.) Na ja, dafür, dass die Frau meiner Träume fast achthundert Kilometer weiter weg sitzt und ich hier nicht wegkann (Schwenk aufs Gesicht, Mund auf Nahaufnahme), dafür geht es mir ganz gut.

Die Musik bricht dann ab.

Oder vielleicht so:
Eine neue Szene. Dabei ist das eine alte Szene, die gab es schon so oft. Wiederholung nennt man das, vielleicht auch Rückblick.
Wieder Musik. Musik, wie sie aus einem Autoradio kommen könnte. Sie kommt jetzt aber aus einem tragbaren Kassettenrekorder. Leise, *History repeats itself*, a. o. s.
Draußen, Nacht. Auf einem Feld. Glühwürmchen. Eine Decke auf Gras. Repeat.

Noah: Stell dir vor ...
Off: Mmh?
Noah: Wenn das dein Bruder wüsste ...
Wieder Close-up wie bei einem Kuss. Augen zu, deshalb: Fade-out. Im Lied.

3. Fügen Sie Ihrer Bewerbung bitte einen tabellarischen Lebenslauf bei.

Voraussichtlicher Abschluss: Abitur, Sommer 2003.

Lieber Gott, bitte lass mich diese Scheißklausur bestanden haben.
Jetzt ist es eh zu spät zum Beten.

Also: Musik.
Die Szene fängt an mit: Sensorama, *where the rabbit sleeps*. Ein Lied, mit dem ein Film anfangen sollte. Außerdem: Nomen est omen. Ort: Der Ort, an dem die Hasen schlafen. Flachland. Zeit: Draußen, Tag.

Sissi: Scheiße.
Off: Quatsch! Du doch nicht!
Sissi: Ich hab's im Urin.
Off: Einen Scheiß hast du.

Ich trete jetzt ins Bild. Das ist mein Film.

Sissi: Doch. Ich hab's verbockt. Die Zulassung kann ich knicken.
(aus einer Gruppe eine Stimme: Ey Sissi, kannst ja immer noch Frisöse werden!)

Ich: Halt die Klappe! Ganz ruhig, Sissi. Haste was gegessen?
Sissi schaut mich an mit diesen großen blauen Augen. So nah sehe ich den Puder auf ihrem Gesicht schimmern.
Sissi: Ja, klar.
Ich nehme sie an der Hand.
Ich: Wird schon. Mach dir mal keinen Stress.
Und Sissi: Ey, wenn das alles vorbei ist, dann ...
Ich: Dann hauen wir ab. Versprochen. Dann schreien wir und hauen ab.

Kameraschwenk auf das Schultor. Die Sonne scheint wie nichts Gutes. Wie die Sonne eben nur an so einem Tag im Sommer scheinen kann. Also Schultor. Näher, näher, da durch, über den Hof, ich kann diesen Müll nicht mehr sehen. Zwei Wochen noch und vorbei, zwei Wochen noch und vorbei.
Sissis Hand ist kalt. Sissis Hand muss nicht kalt sein. Meine Hand muss kalt sein. Kalt und schwitzig.
Wie knapp ist knapp?

Mathe: 6 Punkte
Physik: 4 Punkte
Englisch: 6 Punkte

Fuck. Vier Punkte. Vier Punkte.

Köhler: Tja, Rike, mehr war das nicht.
Um mich herum all diese Gesichter. Die haben ihre Blöcke rausgesucht. Rechnen. Wie viele Punkte sie

brauchen, um einen verdammten Einserdurchschnitt zu bekommen. Ha. Einserdurchschnitt. Fuck. Ich hol den Block raus.

Sissi: Und?

Ich: (nichts. Schreibe. Rechne, verrechne, berechne, verdammt, Mathe ging doch, warum sechs Punkte? Warum verdammt noch mal Edgar Allan Poe und nicht Arthur Miller? Warum???)

Sissi: (beugt sich über meinen Block) Lass mal sehen.

Sissi protzt nicht. Sissi sagt nicht, dass sie in allen Klausuren zweistellige Punktzahlen bekommen hat. Sie hält mir nicht vor, dass ich besser jeden verdammten Tag in den Osterferien gelernt hätte, wie sie. Anstatt ein Video nach dem nächsten auszuleihen, den Zaun zu streichen, mein Zimmer umzuräumen.

Also Sissi: Alles, was du brauchst, ist noch ein Punkt in der Mündlichen.

Ich: Das kann ich schaffen, oder?

Sissi nickt.

Ich: Ja, oder?

Ja. Das muss einfach.

2.

Köhler: Das war ja nichts, Rike.
Eine Gruppe von drei Abiturienten steht vor dem Pult. Am Fenster sitzt der Referendar, der auf jeder Party dabei ist. Jetzt guckt er weg.
Köhler schaut von einem zum anderen.
Köhler: Susanne acht Punkte. Katja vier Punkte. Rike zwei.
Ich kann jetzt aufatmen. Ich atme ganz normal. Na gut. Ich habe bestanden. Wenigstens das. Wenigstens das. Es ist vorbei.

Ich hätte mir die Witze sparen sollen. Ich hätte einfach nicht wieder die dumme scheiß Witztour fahren sollen. Ich hätte einfach das andere Thema lernen sollen. Nicht Klima. Aber es ist egal. Es ist egal. Es ist vorbei. Aber trotzdem. Scheiße, alle haben einen tollen Durchschnitt, und ich hab's grade mal gepackt. Verdammt! Grade gepackt! Knapp! Stell dir vor, es hätte nicht geklappt, Rike! O Mann. Noch ein Jahr! Alle weg, nur noch ich in einem Jahrgang mit debilen Halbhirnen, die noch weniger verstehen als die in meinem Jahrgang. Und wie überhaupt kann das sein, dass die so wenig nachdenken und doch einen guten Durchschnitt in die Hände bekommen, Medizin und Jura studieren, irgendwann mal

also Verantwortung haben, wenn ich krank bin oder vor Gericht muss. Warum die, warum bekommt nicht der die guten Noten, der weiterdenkt, der nicht nur stupide auswendig lernt, egal ob er es verstanden hat oder nicht, warum die?
Was soll's. Ich wollte nie Medizin studieren. Schade, dass ich mich jetzt auch nicht mehr einfach so dagegen entscheiden kann. So, als hätte ich eine Wahl.
Sissi: Aber du hast doch eh was anderes vor.
Ich: Ja.
Sissi: Na siehste.

Später. Draußen, Tag, noch Tag. Das Licht wird weicher, wenn es Abend wird, die Mücken flirren im Gegenlicht. Musik. Ein See. Autos. Decken. Lagerfeuer. Im See steht kistenweise Bier. Die Augen schließen. Wenn man im Film einfach mal das Bild ausschalten könnte. Nur Geräusche, Düfte und diese Gefühle auf der Haut.
Wir spulen ein paar Stunden weiter.
Sissi sitzt neben mir. Es ist Nacht.
Wir starren ins Lagerfeuer. Unsere Gesichter sind orange und flackern. Und dann ich.
Ich: Ich hab Noah letzte Woche getroffen.
Sissi nickt nur.
Ich: Der hat eine Neue.
Sissi: Wieder mal?
Ich: Ich glaub, diesmal ist das was anderes.
Sissi schaut mich an.

Sissi, könnte ich jetzt sagen, hab ich dir eigentlich erzählt, dass ich Noah im letzten Jahr sehr oft geküsst habe? Zum Beispiel nach deinem Geburtstag, als er mich nach Hause gefahren hat. Da hat das alles angefangen. Er hat mich nach Hause gebracht. Dann haben wir uns geküsst. Und ich wollte, dass er noch mitkommt, aber er wollte nicht. Und dann das andere Mal, als wir nach der Redaktionssitzung nach Hause gefahren sind. Du hast mich zu Hause abgesetzt, aber ich bin nicht reingegangen, ich bin den Weg zurück zu seiner Straße gelaufen, weil ich gesehen habe, dass er in der Garage sitzt und an seinem Roller rumbastelt. Wir sind aufs Feld gefahren und haben uns wieder geküsst. Und an Silvester, als ich plötzlich verschwunden war, da bin ich zu Hassis Party gegangen, weil ich wusste, dass Noah da ist. Und wir haben uns geküsst. Genau wie am Ersten Mai. Und an Svenjas Geburtstag. Und dann in den Ferien. Das war das letzte Mal. Und wir haben uns immer nur geküsst. Einmal, am Ersten Mai, da wollte er, dass ich mit zu ihm komme. Aber da war mir schlecht, weil da doch auf der Party, weißt du noch, ist ja auch egal. Ich habe nicht mit ihm geschlafen. Aber ich hätte gerne. Ich hätte ihn gerne auch am Tag geküsst. Und immer. Weil ich mich in Noah verliebt habe. Weil es so ist wie mit diesem doofen Lied, *tausend Mal berührt*. Gott, wenn ich das schon höre, jedes Mal, wenn dieses Lied im Radio läuft, muss ich an Noah denken, weißt du, wie scheiße das ist, wenn man ein Lied eigentlich gar nicht mag, aber dann ist es das Lied, das das mit ihm so genau beschreibt? Und jetzt hat er sich verliebt. Und diesmal hat er sich wirklich verliebt, das weiß ich.

Das sollte ich jetzt sagen. Aber ich tue es nicht, weil Lex kommt und sich an dich schmiegt. Also sage ich es dir wieder nicht. Ist ja auch egal. Ist ja auch vorbei.

Lex: Wann geht's los?

Ich schau Sissi an. Sissi trinkt und starrt in die Flammen.

Lex: Na, Rike? Jetzt isses doch vorbei. War doch geplant, dass wir abhauen, wenn alles vorbei ist.

Sissi: Ich hol mir noch ein Bier, wollt ihr auch noch?

Lex: Ja, Baby.

Ich: Erst wenn wir die Zeugnisse haben.

Lex: Ich muss aber am Ersten wieder zurück sein, da fängt mein Zivi an.

Ich: Das ist mir doch egal, wann dein Zivi anfängt!

Lex: Zick nicht rum, Rike.

Ich: Ich zicke nicht.

Lex: Hast du ein Auto?

Ich: Nee, du?

Lex: (denkt nach oder tut so) Mmmh. Na gut. Ich hör mich mal um.

Sissi: (kommt zurück und gibt Lex sein Bier)
Lex: Danke, Baby.
Sissi setzt sich wieder.
Sissi: Und Noah hat jetzt eine Neue?
Lex: Ach, das wisst ihr schon …?
Ich stehe auf, klopfe mir den Sand von den Hosen, dahinten steht Freder.
Ich: Freder!
Freder ist betrunken. Das ist er immer, wenn wir knutschen. Ich bin auch nicht mehr nüchtern. Es reicht, wenn ich sage: Komm, Freder, wir gehen mal ein wenig spazieren.
Dann gehen wir von der Party weg, irgendwohin, wo keiner ist, wie hier zu diesem Baum. Ich drück ihn dagegen. Weil das gut aussieht, wild, aber es hilft auch, weil er jetzt nicht das Gleichgewicht verlieren kann. Freder küsst durchschnittlich gut. Er sabbert nicht, steckt mir die Zunge nicht bis zum Anschlag rein, knetet nicht an meinen Brüsten rum, also ist er O.K. Er legt einfach nur seine Hände an meinen Rücken, kurz über den Hosenbund. Mehr macht er nie. Auch jetzt nicht.
Ich schiebe seine Hand weiter unter mein Shirt. Da bleibt sie liegen. Dann drück ich mich noch ein bisschen mehr an ihn, reibe mich an ihm, das muss ihn doch anmachen? Aber Freder küsst mich, wie er es immer gemacht hat. Ich höre auf, rücke weg von seinem Gesicht und seh ihm in die Augen. Freder schaut mich an.

Freder: Is was?
Ich möchte ihn fragen, was falsch ist mit mir. Warum jeder Idiot auf diesen Partys Sex hat. Sogar die dröge Katrin. Die liegt nachher auch wieder mit dem blöden Steffen in den Büschen und Gummis nehmen die nie. Jeder. Nur ich nicht. Warum muss ich als Jungfrau aus der Schule?
Aber Freders Blick ist einfach nur biervoll. Vergiss es. Das hat keinen Sinn.
Ich: Lass uns zurückgehen.

3.

Nach den Feierlichkeiten werden meine Eltern für zwei Wochen nach Teneriffa fliegen. Wenn sie zurückkommen, werden wir noch eine Woche zusammen verbringen, ich werde meine Sachen packen, nach England fahren, da reden lernen, dann zurückkommen, meine gepackten Sachen schnappen und: weg!
Weg ist ein guter Gedanke. Weg ist ein gutes Wort. Vvvvvvtt, weg. Weg hört sich endgültig an. Und endgültig heißt ... endgültig.

Der Fragebogen des Abiturjahrgangs 2003:
Was wirst du vermissen?
Nichts. Nada. Niente. Rien.
Was wirst du machen?
Leben
Gibt es ein Leben nach dem Abi?
Gab's vorher eins?
Was war deine beste Ausrede, um nicht zum Sport zu gehen?
(Spar ich mir, ist ne doofe Frage)
Wie viele Fehlstunden hattest du?
(Spar ich mir auch)
An welche Party kannst du dich nicht mehr erinnern?

Am liebsten würde ich mich an keine mehr erinnern können.
Ich danke:
Niemandem. Oder? Na gut: *Sissi. Du bist eine Heldin. Lass dir da draußen bloß nichts anderes erzählen.*

Wir stellen uns einen festlich geschmückten Raum vor, um genauer zu sein, die Turnhalle des Gymnasiums. Luftballons, Girlanden, Kerzen auf den Tischen, Make-up auf den Frauengesichtern, Klunker und Kleider, die wir nie mehr anziehen werden. Der Direktor spricht ein paar Worte. Der Bürgermeister spricht ein paar Worte. Der Vorsitzende des Elternbeirates spricht ein paar Worte. Katrin spielt Klavier, es wird geklatscht. Es werden Hände geschüttelt. Es werden Zeugnisse in die Hände gedrückt. Dann gibt es Büfett. Und dann sitzen die Eltern beieinander, und sie strahlen, die Videokameras surren, die Fotoapparate blitzen, jeder bekommt eine Abizeitung. Alle rennen rum und lassen sich da was reinschreiben. Wir gehen nach draußen, rauchen, holen Luft.
Ein paar schreien.
Ich sehe mich um. Es werden Pläne gemacht. Wer gibt die nächste Party? Wo sieht man sich wieder? Wer ist der Erste, der geht?
Ich sehe die anderen und frage mich, wo die wohl in 10 Jahren sind. Aber dann denke ich mir, dass es mir

egal sein wird. In 10 Jahren bin ich nicht hier. Das zählt.
Sissi sitzt neben mir, dann kommt Lex.
Ich werde friedlich. Friedlich genug, um Lex anzulächeln. Er hat den Arm um Sissi gelegt, sieht, dass ich ihn anlächle, dann legt er auch noch einen Arm um mich.

Lex fragt: Wann geht's los?
Und ich: So schnell wie möglich.

Lex: Ich hab nachgedacht. Was ist denn mit *Kuhns Eiern*?
Ich: Nie im Leben.
Lex: Ich dachte, dein Bruder darf nicht mehr fahren?
Ich: Aber der rückt den Bus NIE raus. Vergiss es. Der verleiht den nicht mal an meine Eltern!
Lex: Aber er kann ihn doch nicht fahren!
Ich: Das ist ihm doch egal.

Einschub.
Sehr schnelles Close-up auf ein Gesicht mit Bart und langen Haaren, selbst gedrehte Zigarette im Mundwinkel, das Gesicht schaut böse in die Kamera. Kleiner Schnitt, dann dieselbe Person, angelehnt an einen Bus, der Bus strahlt, blinkt, blingbling, auf der Seite steht in schwungvoller Schrift *Kuhns Eier*.

Zurück.
Ich: Vergiss es.

Und wirklich:
Kurti: Vergiss es. Nie im Leben. Den Bus nehm ich mit ins Grab.
Ich: Kurti. Bitte. Ich bin doch deine Lieblingsschwester.
Kurti: Du bist meine einzige Schwester. Soweit wir wissen.
Ich: Kurti, deine einzige Schwester! Wer weiß, wo wir landen werden! Wo ich landen werde (bisschen dramatisch, ich weiß). Komm. Dein Geschenk an mich zum Abi!
Kurti: Vergiss es.

Lex: Das hat er echt gesagt? Mann, ist der hart.
Ich nicke.
Sissi: Wär er nicht so ein Sturkopf, dann hätte er jetzt auch noch seinen Führerschein.
Lex: Wieso?
Ich: Weil er eben NIE jemanden anderes seinen Bus fahren lässt. Auch nicht, wenn er betrunken ist.
Lex: Autsch. Dann Plan B.
Ich: Was ist Plan B?

<u>Plan B:</u>
Die Teilnehmer der Mission finden sich am Mittwoch, den 11. Juni in Standort A (= bei mir) ein. Alle haben ihre Sachen gepackt. Ins Gepäck gehören neben Kleidung:

- Klopapier
- Gemischte Kassetten
- Schlafsack und Isomatte
- Ein kleines Zelt für den Notfall
- Sonnenbrille und Wasserspritzpistole
- Luftmatratze
- Decke
- Adressen möglicher Anlaufpunkte
- Handy (Adapter!)
- Taschenlampe (Batterien!!)
- Genügend Geld
- Ansprechende Literatur
- Reiseproviant
- Und die Kühltasche

All diese Dinge werden am 11. Juni in der Garage vor Standpunkt A (immer noch bei mir) gelagert.

22 h.

Ich: Hey, Kurti, schön, dass du da bist. Wir wollen heute ein wenig feiern, haste Lust?

Ich habe ihn lang genug beobachtet. Das Opfer willigt ein. Bereit stehen Gin und Tonic, Martini, Bier, Tequila und Wodka. Kurti kann verdammt viel trinken.

Lex: Komm, wir spielen ups.
Ich: Au ja!
Kurti: Kinderkacke.
Lex: Verglichen mit dir sind wir auch noch Kinder.
Kurti: Wahrheit.

Ups:
Ein Glas wird mit hochprozentigem Alkohol gefüllt. Man zählt reihum von eins, bis man nicht mehr kann. Alle Zahlen, die eine Sieben in sich tragen oder durch sieben teilbar sind, müssen durch ups ersetzt werden. Wer einen Fehler macht, muss das Glas leer trinken.

Kurti kann vielleicht mehr trinken als wir. Aber er kann nicht rechnen.

Sissi: (im Jammerton) Ich kann nicht mehr. Mir wird schlecht.

(Jammern gehört zum Plan. Sissi hat aber bisher sowieso nur Wasser bekommen.)

Kurti: Sissi, Süßelein, du bist ein Weichei.

Als die hundert überschritten sind, hat Kurti einen glasigen Blick. Um die zweihundert herum kann er die Zahlen nicht mehr artikulieren. Irgendwann sagt er nur noch ups.

0.30 h: Mission complete.
Kurti schläft seelenruhig im Stuhl. Wenn Kurti schläft, dann kann neben ihm eine Bombe hochgehen.
Der Schlüssel liegt unter seiner Matratze. Genau wie die Wagenpapiere.

0.45 h: Abfahrt.
Wir schieben den Wagen um die Ecke, lassen ihn an, fahren los.

Sissi fährt.
Und dann halten wir wieder.

Ich: Warum halten wir?
Lex: Weil Noah mitkommt.

Die Fahrt

(einszwodreivier: Punkrock!)

Donnerstag, 12. Juni

Komm, wir machen eine Reise.
Wenn man eine Reise macht, braucht man ein Ziel. Wir haben ein großes Ziel und viele kleine. Das große Ziel ist das Konzert. An der Südgrenze, fast an den Alpen, da wird es sein. Alle Bands, die ich jemals sehen wollte, kommen dahin. Die Foo-Fighters. Die Queens of the Stoneage. Incubus. Radiohead. Alle, einfach alle. Wer weiß, wann ich jemals wieder die Zeit, das Geld und die Freunde dazu haben werde.
Die kleinen Ziele: Wir haben alte Freunde. Aus den Ferien, weggezogene, Verwandte. Es gibt überall Menschen, in deren Garten man mal ein Zelt aufstellen kann.
Wir haben Zeit. Der Bus fährt ohnehin nicht schnell. Wir haben gesagt, dass wir das machen, um das Ende der Schulzeit zu feiern. Aber das ist es nicht. Wer weiß, wann ich Sissi wiedersehen werde? Wer weiß, wo wir landen? Und was passieren wird? So wie jetzt wird es nie mehr sein.
Aber warum kommt Noah mit?

Im Bus. Nacht. Schon fast Morgen.
Inzwischen kann ich wieder fahren. Ich mag es, wenn es Sommer ist und die Nacht endet. Wenn der Tag ganz frisch ist. Als ob die Zeit aufbricht. Die anderen

schlafen. Die Musik höre nur ich. Der Bus tuckert mit seiner Höchstgeschwindigkeit – 90 km/h – die Landstraße entlang. Kurti wird noch schlafen. Wir fahren in eine Richtung, in der er uns nicht mal wähnen würde. Er schläft den Schlaf des gerechten Alkis. Ihm läuft ein wenig Speichel aus dem Mundwinkel und er macht die Geräusche eines jungen Hundes. Kurti kann so süß sein.

Noah wacht auf. Er klettert nach vorne.

Noah: Morgen (leise sagt er das. Hab mir gewünscht, dass er mal neben mir aufwacht, mir in die Augen schaut, guten Morgen sagt, ganz leise. Ist nie passiert).
Ich antworte nicht.
Noah: Wo sind wir?
Ich: Noch 80 Kilometer oder so.
Noah: Is ja nicht viel.
Ich: Nee.
Noah: Soll ich fahren?
Ich: Nee, geht schon.

Beim Fahren merke ich keine Müdigkeit. Das Radio dudelt mich die Kilometer entlang, der Bus tut so, als kenne er den Weg. *A thousand miles* von Vanessa Carlton. Mein kleiner Soundtrack.

Noah: Hast du Durst?
Ich: Nee.
Noah: Bist du morgens immer so?

Ich: Wie?
Noah: So einsilbig.
Pause.
Ich: Ja.

Noah und ich kennen uns seit ... immer.
Als ich Sissi kennengelernt habe, war da auch irgendwann Noah, stand im Keller an der Tischtennisplatte und hat mir die Bälle um die Ohren geschmettert. Noah war immer da. Obwohl wir auf verschiedene Schulen gegangen sind. Obwohl wir verschiedene Freundeskreise hatten. Noah ist immer da. Auch jetzt. Aber jetzt, wo er so neben mir sitzt, ist es anders. Es ist einfach zu viel passiert. Es ist gar nichts passiert.

Noah: Wer isn das?
Ich: Wer?
Noah: Wo wir jetzt hinfahren.
Ich: Mein Cousin. Mit dem ist Kurti sozusagen aufgewachsen.
Noah: Erschreckend.

Mit Kurti kann kaum einer was anfangen. Kurti ist grob, in allem, was er tut. Wie er redet. Wie er sich bewegt. Wie er mit Menschen umgeht. Ich kenne ihn nur so, vielleicht habe ich deshalb kein Problem mit ihm.

Ich: Kurti kann dich richtig gut leiden, weißt du das eigentlich?

Noah: Echt?
Ich: Ich versteh's ja auch nicht. Aber irgendwie hat er noch nie was Böses über dich gesagt.
Noah: Tja, die Menschen lieben mich eben. Selbst so ein Klotz wie dein Bruder.

Noah zieht seine Zigaretten aus seiner Tasche und steckt sich eine an.

Noah: Dabei habe ich immer damit gerechnet, dass er mich mal übelst verdrischt.
Ich: Warum sollte er?
Noah: Wenn er jemals mitbekommen hätte, dass wir ...
Ich: Warum kommst du eigentlich mit?
Noah: Ich will Marie besuchen.

Marie. Natürlich Marie. Es sind immer Maries. Oder Annas. Oder ... Mädchen mit solchen Namen haben Locken, spielen mit langen zarten Händen Klavier, verabscheuen Bier, und wenn nicht, sind die nach einer Flasche angeschickert, aber nie betrunken. Das sind Namen mit langen Wimpern. In Mädchen mit solchen Namen muss man sich einfach verlieben. Das ist ein Naturgesetz.

Ich: Da in meiner Tasche, kannst du mir ... Da, da sind Milchschnitten drin, gib mir mal.
Noah: Wie heißt das Zauberwort?
Ich: Sofort!
Sissi: O ja, ich auch!
Lex: Wann sind wir eigentlich da?

Ich: Gleich.
Sissi: Gleich ist doof. Als ich klein war, da hab ich das Wort gehasst.
Ich: Wieso das denn?
Sissi: Wenn du mit deiner Mutter unterwegs bist, und dann trifft die eine auf der Straße, und die reden nur über langweiligen Kram, und dann fragst du: »Mama, wann gehen wir denn endlich heim?«, und sie sagt: »Gleich!«, und das dauert Stunden. Und du fragst: »Mama, wann ist gleich?« Und sie sagt: »Gleich!«
Noah: Hat wohl ein tiefes Trauma bei dir ausgelöst.
Lex: Und nicht zu knapp.
Sissi: Haha!
Ich: Noch paarundfünfzig Kilometer. Zufrieden?
Sissi: Ich muss aber mal.
Ich: Wir sind ja gleich da.
Sissi: Ich muss aber jetzt.

Also halte ich.

Sissi: Was, hier?
Noah: Wir gucken auch nicht.
Sissi: Ja, klar!
Lex: Baby, stell dich nicht so an.
Sissi: Ich kann das nicht, wenn ihr mir zuschaut!
Noah: Ich hab doch gesagt, dass ich nicht schaue!
Sissi: Ich kann das nicht. Ist hier denn nirgendwo ein Parkplatz oder so?
Ich: Sissi, dahinten ist ein Baum, geh doch dahin.

Sissi: Ich …!
Lex und Noah: Stöhn!

Sissi ist keine Zicke. Sissi hat einfach nur ihre Prinzipien. Jeder hat die. Man kann das auch Macken oder Neurosen nennen. Ich gehe zum Beispiel nicht bei Rot über die Ampel. Nie. Das treibt manche Leute auf die Palme. Ich kann auch Ananas nicht leiden. Wenn irgendwas im Entferntesten nach Ananas schmeckt oder riecht, muss ich kotzen.

Sissi hat dieses Ding mit dem Pinkeln. Sie kann es auch nicht leiden, wenn Menschen laut sind, auch wenn es nur eine laute Lache ist. Sie hat diese besondere Art, sich ein Brot zu schmieren, sie macht das so, dass die Butter exakt auf der ganzen Brotscheibe verteilt ist.

Lex hat diesen Tick mit seinen Büchern. Er leiht sie einfach nicht gerne aus. Vor allem mir nicht. Mir hält er vor, ich würde seine Bücher schief lesen. Die seien ganz schief, wenn er sie von mir zurückbekommt. Das ist natürlich Unsinn. Außerdem trägt er immer ein Unterhemd, egal wie kalt oder warm es ist.

Noah kann es nicht leiden zu schwitzen. Noah ist einer, der dreimal am Tag duscht. Er hat auch so einen Spleen mit seinen Haaren. Da darf man ihm nicht reingreifen. Ich durfte ihm zumindest nie in die Haare greifen. Vielleicht darf Marie das.

Sissi kommt zurück.

Lex: Und, war doch nicht so schlimm, oder?
Sissi antwortet nicht.

Ben ist Kurtis ältester Freund. Irgendwie ist er ein Cousin von uns, wenn auch nur entfernt. Kurti und er haben sich schon lange nicht mehr gesehen. Ben wohnt mitten auf dem Land.
Der Bus hoppelt den Weg entlang, dass es uns durchschüttelt. Sissi wimmert.

Lex: Was ist denn?
Sissi: (durch ihre Zähne durch) Ich muss mal.
Lex: Aber du warst doch eben.
Sissi: Ich konnte nicht! Okay?!

Lex sagt nichts mehr. Ich bemühe mich, langsamer zu fahren, aber dadurch schaukelt der Bus nur noch mehr.

Ich: Da vorne.
Noah: Wie idyllisch!
Ich: (wohl etwas zischend) Ja, nicht?
Noah: Ist ja gut!
Ich: Gut!

Wir halten. Irgendwo hier muss auch das Meer sein. Die Ostsee. Ich habe kein Wasser gesehen. Ich bin müde. Meine Beine tragen mich trotzdem zu dem Haus, an dem ich klingle. Die anderen bleiben bei dem Bus stehen. Ich warte. Keiner öffnet.

Lex: Weiß der überhaupt, dass wir kommen?

Ich: Ja!
Ich klingle noch mal. Ich höre von außen sogar, wie es innen surrt. Die Türklingel ist also nicht kaputt. Aber immer noch macht niemand die Tür auf.

Noah: Was ist denn jetzt?
Ich: Macht keiner auf!
Noah: Das sehen wir auch!
Warum ist der nur mitgekommen?
Plötzlich fällt mir auf, dass wir vergessen haben zu schreien. Ich gehe wieder zurück zum Bus.

Lex: Und jetzt?
Ich: Keine Ahnung, mach nen Vorschlag.
Lex sieht sich um. Dann geht er um das Haus herum. Lex verschwindet aus meinem Blickfeld. Ich sehe zu Sissi. Die steht ganz komisch.
Ich: Komm, dahinten ist ne Hecke! Wer weiß, wann Ben wieder zurück ist.
Sissi schaut zu der Hecke. Dann geht sie hin.
Lex kommt zurück.
Lex: Hinter dem Haus ist ein Garten. Lasst uns doch da warten.
Noah geht Lex hinterher. Ich bleibe stehen. Sehe zum Busch. Dann die Straße runter. Vielleicht hätten wir gleich zum Meer fahren sollen.

Wenig später.
Ben: Gut so. Ich hab schon befürchtet, dass ihr ankommt, während ich weg bin.

Ben ist groß, hat lange braune Haare, er trägt hohe Doc's. Aber er hat das Gesicht, das er als Kind hatte. Ben, der Daumenlutscher. Ben hat noch am Daumen gelutscht, als er schon fast kein Kind mehr war. Darüber haben sich alle lustig gemacht.

Ben: Ihr habt den Bus?
Ich: Frag nicht. Und wenn dich jemand fragt, wir sind nie hier gewesen.

Ben grinst.
Ein Tisch auf der Terrasse, Kaffeetassen, Brötchen, immer die Sonne. Der Sommer verspricht jedes Jahr etwas Großes, nach dem man sucht. Jeden Sommer, wenn es warm wird, bekomme ich dieses Gefühl, dass etwas passieren wird, dass etwas passieren muss.
Noah sitzt mir gegenüber.

Rückblick. Zeltlager. Ich elf oder zwölf, Noah entsprechend älter. Der Betreuer erzählt eine Gruselgeschichte. Das Lagerfeuer flackert in den Gesichtern. Mir gegenüber Noahs Gesicht, rotorange, ich schaue ihn an, es ist Nacht. Noah schaut zurück. Die Geschichte macht mir keine Angst.

Schwenk. Blick aufs Brötchen.

Ben: Und was wollt ihr heute hier machen?
Ich: Wie kommen wir ans Meer?

Die Ostsee ist anders als die Nordsee. Ein ruhiges Meer, das kaum Salz in sich trägt. Als wäre man an einem übergroßen Baggersee. Sissi und Lex springen gleich ins Wasser. Ich breite eine Decke aus. Die Pferdedecke. Als Kind habe ich die geliebt, inzwischen ist sie mir fast ein bisschen peinlich. Damals hatte ich mein ganzes Zimmer mit Pferdepostern tapeziert, dabei bin ich nie geritten.

Noah: (steht auf einer Düne, eine Hand an die Stirn gelegt) Scheiße, kein Schatten.
Ben: Ist das ein Problem?
Ich: Empfindliche Haut. Rote Haare und Sonne vertragen sich nicht so gut.

Ich setze meine Sonnenbrille auf. Ein orangebrauner Film legt sich über meinen Blick, macht alles ein wenig schöner. Sissi und Lex umarmen und küssen sich. Lex hebt Sissi auf seine Hüften und trägt sie durch das Wasser. Ekelhaft.

Mein Handy klingelt. Noah schaut rüber.

Ich: Hallo?
Kurti: Du kleine Schlampe!
Ich: Kurti!
Noah: (steht jetzt neben mir, grinst und legt die Hand mit gespieltem Schrecken auf seinen aufgerissenen Mund) O nein!
Kurti: Wo steckst du?
Ich: Sag ich nicht.

Kurti: Hör zu, du Biest, das ist das Allerletzte! Keiner, hörst du, keiner außer mir legt Hand an Kuhns Eier!

Ich: Na komm, Kurti, ich bin deine einzige Schwester!

Kurti: Das Gespräch hatten wir schon, vergiss es! Bring sofort den Bus wieder her!

Ich: (warte, sehe in Noahs Augen, muss grinsen) Nö!

Kurti: Rike, ich bring dich um!

Ich: Fang mich doch!

Dann lege ich auf. Das Handy klingelt wieder, ich stelle es aus.

Ben: So spricht man aber nicht mit seinem großen Bruder!

Ich: Der hat mich Schlampe genannt.

Ben: Manche Dinge ändern sich wohl nie.

Noah: Rike, du bist der Knaller.

Ich: Ich weiß.

Während Lex und Sissi im Wasser herumplantschen, Ben mir aus seinem Leben erzählt und Noah in den Sand eingräbt, geschehen an einem Ort, ca. 350 km Luftlinie weiter westlich, andere Dinge:

Kurti läuft durch das Haus wie ein verrückt gewordenes Huhn. Er raucht eine Zigarette nach der nächsten, trinkt ein Bier, übergibt sich, weil er seinen Kater unterschätzt hat, setzt sich danach auf den Badezimmerboden und denkt nach.

Wo ist die blöde Kuh?, denkt Kurti.
Also ruft er Sissi an. Aber bei Sissi geht nur der Anrufbeantworter dran. Dann versucht er es bei Lex. Er erreicht dessen kleine Schwester Nina. Nina ist acht Jahre alt.

Nina: Hallo, hier ist Nina.
Kurti: Hier ist Kurti, ist Lex da?
Nina: Nein.
Kurti: Wo ist der denn?
Nina: Weg.
Kurti: Und wo?
Nina: Weiß ich nicht.

Kurti wird so langsam klar, dass er mit dem Kind kein normales Gespräch führen kann.

Kurti: Kleine, gib mir doch mal deine Eltern.
Nina: Nein.
Kurti: Warum denn nicht?
Nina: Darum.
Kurti: (etwas vorsichtiger) Sind deine Eltern denn zu Hause?
Nina: Das darf ich nicht sagen.
Kurti: Warum denn nicht?
Nina: Weil darum nicht.
Kurti: Also, dann sind deine Eltern nicht daheim. Wann kommen sie denn wieder?
Nina: Das darf ich …
Kurti: Na gut, vergiss es! (legt auf)

Dann denkt Kurti, die Kleine (und damit meint er

mich) ist bestimmt nur an den See gefahren. Nee, Quatsch, das macht Rike nicht, denkt er. An den See hätte sie auch mit dem Rad fahren können. Kurti ist noch nicht so ganz klar, der Alkohol ist noch nicht abgebaut und vernebelt ihm den letzten Rest Ratio, den er noch hat. Kurti braucht noch ein wenig.

Sissi: (liegt jetzt mit ihrem Kopf auf Lex' Bauch und schaut in die Sonne) Mann. Mann. Wie schön. (küsst Lex auf den Bauch, dreht sich wieder um) Ach. Wie schön.
Noah: (sein Körper liegt unter Sand, er trägt ein Kopftuch und eine Sonnenbrille) Können wir jetzt mal wieder abhauen? Ich hab die Schnauze voll von der Sonne!
Lex: Mensch, mach dich doch mal locker, wir sind doch grade mal ne Stunde hier!
Noah: Ja, aber ich sterbe!
Ich: So schnell stirbt man nicht.
Noah: Klugscheißerin!
Sissi: Mann. Hab ich euch eigentlich schon mal gesagt, wie lieb ich euch alle habe?
Noah: Siehste, Sissi hat schon nen Sonnenstich. So viel Sonne kann gar nicht gut fürs Hirn sein. Noch eine Stunde und sie erkennen euch euer Abi wieder ab.
Ich: Halt die Klappe.
Noah: Warum stänkerst du mich eigentlich konstant an?

Ich: Wer stänkert denn hier?
Noah: Seit wir unterwegs sind, motzt du mich in einer Tour an!
Ich: Das bildest du dir ein.
Sissi: Also ich find alles grade total harmonisch.
Noah: Du bist ja auch ...
Ich: Noah, es reicht!
Noah: Ich sag ja nur ...
Ich: (steh auf) Na gut, vielleicht sollten wir wirklich gehen.
Noah: Meine Rede.
Ich: Ist gut jetzt, ja?
Sissi: Och Mensch.
Lex: Komm, wir haben später noch viel Zeit, um in der Sonne zu liegen (steht auch auf, zieht Sissi hoch, nimmt sie in den Arm und küsst sie).

Wir packen unsere Sachen zusammen und gehen.

Noah: Ey! Könnt ihr mich vielleicht mal ausbuddeln?!

Die anderen liegen im Garten. Als ich mein Handy wieder anstelle, sehe ich, dass ich acht Nachrichten auf meiner Mailbox habe.
Empfangen um dreizehn Uhr achtzehn:
»Rike, was fällt dir ein, einfach dein Handy auszuschalten!«
Empfangen um dreizehn Uhr zwanzig:
»Rike! Wenn ich dich in die Finger kriege, dann

gnade dir Gott! Und komm mir dann nicht mit Schwester und dem Scheiß. Das ist vorbei! Du warst mal meine Schwester!« (Drama-Queen! Muss in der Familie liegen.)
Empfangen um dreizehn Uhr neunundzwanzig:
»Hör zu! Ruf mich an! (schnauft) RUF MICH AN, OKAY?!«
Empfangen um dreizehn Uhr vierunddreißig:
»Gut, ich beruhige mich. Ja, ich bin ganz ruhig.«
Empfangen um dreizehn Uhr vierzig:
»Rike. Mann, stell dieses Scheißhandy wieder an.«
Empfangen um dreizehn Uhr einundfünfzig (wie hartnäckig!):
»Mann, Rike. (weinerlich) Das ist mein Baby! Das kannst du doch nicht einfach machen! Mein Baby! Mein Bus! Damit ... schneidest du mir das Herz aus dem Leib! Wie kannst du MIR das antun? Deinem einzigen Bruder!«
Empfangen um dreizehn Uhr vierundfünfzig:
»(Wimmern) Ri... (Schluchzen) du ...«
Empfangen um vierzehn Uhr fünfunddreißig:
»Gut. Du willst es nicht anders. Das bedeutet Krieg.«

Ben: Und?
Ich: Er übertreibt.

(Auf der Wiese lümmeln sich Sissi und Lex. Machen alberne Spielchen. Da muss ich nicht zugucken.)

Noah: Sag mal, kann ich mal telefonieren?
Ben: Klar.
Lex: Schöne Grüße!
Noah: (mit einem breiten Grinsen im Gesicht und Augen, die so strahlen, dass es wehtut) Klar, mach ich. (geht nach drinnen)
Ben: Willsten Bier?
Ich: O ja, bitte.
Ben steht auf, geht ins Haus und kommt mit zwei Flaschen Bier zurück.
Ich: Danke. (denke, wie nett er ist) Mensch, Ben, danke, dass wir einfach hier so einfallen können.
Ben: Ey, mi casa e su casa. Ich seh's mal so, Kurti ist kein einziges Mal hier aufgetaucht, egal wie oft ich ihn eingeladen habe. Hat sich kein einziges Mal blicken lassen.
Ich: Kurti ist nicht so der ... (aber mir fällt nicht das richtige Wort ein)
Ben: Schon klar. (hebt die Flasche an die Lippen, trinkt)
Ich lausche nach drinnen, obwohl ich das eigentlich nicht will. Hören kann ich sowieso nichts.
Ben: Ist schon komisch mit Kurti. Als wir weggezogen sind ... weißte, Kurti war schon so was wie ein Star. Mit ihm zusammen war es immer ein bisschen wie ein Abenteuer. Alles. Ich weiß noch, ich musste mal einen Anzug für eine Hochzeit oder so kaufen. Der Alb-

traum. Aber Kurti ist mitgekommen und wir hatten einen unglaublichen Spaß. Was der mit diesen Verkäuferinnen gemacht hat ... (Ben lacht und trinkt wieder aus der Flasche) Einmal hat er einen Aufsatz geschrieben, das sollte eigentlich nur ein kleines Statement werden. »Bin ich stolz, ein Deutscher zu sein?« Aber irgendwie hat er sich dermaßen reingehängt, dass unser Sozilehrer den Aufsatz an den Direx weitergegeben hat, dann wurde der in der Schülerzeitung abgedruckt, und danach war für alle irgendwie klar, dass aus Kurti was ganz Großes werden wird.

Ben schweigt. Ich denke an Kurti, wie er die letzten Jahre in seinem Keller rumgehangen hat, hier und da mal einen Job hatte.

Ben: Und wie er auf dich aufgepasst hat. Mann. Wie ein Wachhund. Eigentlich hat er immer gemeckert, dass er dich überall mit hinschleppen musste. Aber sobald dir einer zu nahe kam, peng, und Schluss mit lustig.

Ich grinse in mein Bier hinein.

Ben: Hast schon Glück gehabt mit so nem Bruder.
Ich: Ja. Vielleicht.

Lex und Sissi versuchen auf Grasblättern zu pfeifen.

Ben: Ist er denn glücklich?

Ich: (setze an, aber irgendwie ist die Antwort nicht leicht) Ich weiß nicht. Kann sein. (Pause) Wie hieß denn sein Aufsatz?
Ben: Warum ich stolz bin, ein Kurti zu sein.
Noah kommt wieder raus.
Lex: Und, wie geht's ihr?
Noah: Gut, danke. (sieht zu uns) Oh, Bier, lecker. Kann ich auch eins haben?
Lex: Bier? O ja, ich auch!
Ich starre mein Handy an. Dann stelle ich es wieder aus.

Freitag, 13. Juni

Wir spielen schöne Zeit, wir spielen Ferien. Wir spielen noch einmal Frühstück bei Ben. Wenn ich mir Lex und Sissi ansehe, denke ich, sie spielen frisch verliebt. Sie sind seit fünf Jahren zusammen. Lex war der Erste, den Sissi geküsst hat. Dann hatten sie Sex. In allen Farben und Formen, einmal Bravo rauf und runter.

Wir spielen lange Fahrt. Ich spiele Rike. Die Rike, die sich nichts anmerken lässt. Die Rike, die auf alles einen dummen Spruch weiß. Die verdammt coole Sau namens Rike. Noah spielt Noah. Noah spielt den guten Freund. Als er sich an den Tisch setzt, streicht er mir leicht über den Rücken und sagt guten Morgen.

Die Kulisse stimmt noch immer. Das Wetter ist beständig.
Ben: Und wohin soll's heute gehen?
Lex: Zu meinen Verwandten. Da ist Schützenfest.
Ben: Jungejunge. Wisst ihr, was euch da erwartet?
Lex: Ich schon.
Sissi: Wieso?
Lex: Keine Sorge, Baby, ich pass schon auf dich auf.

Letzte Nacht habe ich nachgedacht. Ich steh das schon durch. Ich karre einfach mit denen durchs Land und tu so, als wäre alles normal. Ich will ja nur auf dieses Konzert. Von mir aus könnten wir einige Tage vorspulen. Fast forward. Auf einem Festival kann man sich gut aus dem Weg gehen. Ich muss Sissi und Lex nicht die ganze Zeit beim Turteln zusehen. Und ich muss nicht jedes Mal, wenn ich die beiden sehe, und jedes Mal, wenn ich ihn sehe, dran erinnert werden, dass ich Noah nicht mehr küssen werde, nie mehr.

Das sind nur noch ein paar Tage. Das wird schon. Das kann ich packen. Ich bin eine coole Sau. Hey, ich bin Rike.

Ben: (schmeißt gerade einen Rucksack in den Bus) Denkt dran, heute extrem vorsichtig zu fahren. Ja?
Noah: Wieso das denn?

Ben: Heute ist Freitag, der Dreizehnte.
Ich: Huuuuhuuuu!
Ben: Ich sag ja nur.
Lex: Abergläubig?
Ben: Nicht mehr als ihr auch. Das wird schon seinen Grund haben.
Lex: Ja, klar.
Noah: (drückt Ben die Hand) Danke für die Gastfreundschaft.
Lex: Ja, danke! (hebt die Hand)
Sissi: (umarmt Ben) Danke!
Ich: Ben, wir telefonieren.
Ben: Viel Glück, Rike. Und gute Fahrt.

Mir ist ein wenig traurig zumute, als wir fahren. Abschiede sind einfach eine merkwürdige Sache. Cut.

Im Bus, hellster Sommertag. Sissi und Lex sitzen auf der Rückbank und albern herum. Im Radio läuft dieses Lied von den Roots feat. Irgendwen, *seed* heißt das. Leider viel zu leise.

Sissi: Können wir bald mal anhalten, ich hab Lust auf Eis!
Ich: Jetzt schon? Wir sind grad mal ne Stunde unterwegs.
Lex: Wir haben doch Zeit.
Noah: Genau.
Sissi: Rike kann sich halt nicht locker machen.

	Warte mal, was hatten die über dich geschrieben?

Lex: Wer?
Sissi: Die in der Abizeitung.
Ich: Habt ihr die etwa mitgenommen?
Sissi: Logisch. (zu Lex) Gib mir mal die Tasche, Schatz. (Lex reicht sie ihr und sie holt die Zeitung heraus und blättert)

Noah macht Anstalten, den Radiosender zu wechseln.

Ich: Lass das!
Noah: Aber das war doch ein Schrottsender.
Ich: Ich mochte den ganz gern, also find ihn jetzt wieder, ich muss ja schließlich fahren, oder willst du, dass ich mich aufrege und einen Unfall baue, na, willste das?
Noah: (sucht den Sender, murmelt) Ohhhkaaayyy.
Sissi: Passt auf. Rike: Hat die Pünktlichkeit neu definiert. Brachte ihre Kunstlehrerin fast dazu, sich zu outen.
Lex: Was sollte das eigentlich?
Sissi: Die Kirchner war doch in Rike verliebt.
Ich: Unsinn.
Sissi: Achtung, hier steht's: Wird erst nach drei Gin-Tonic locker. Und in Klammern dahinter: Trinken kann sie aber ganz gut.
Lex: Du hast Knut echt beeindruckt auf meiner Party.
Noah: Stimmt, da warst du echt gut dabei.

Ich: (ignoriere ihn) Und was steht über euch da drin?

Sissi: Du hast die echt nicht gelesen?

Ich: Bist du wahnsinnig? Bin froh, dass der Scheiß vorbei ist. Na los, lies mal vor.

Sissi: Na gut. Lex: Fährt wie eine gesengte Sau, immer gut für eine kleine politische Diskussion, Kommentar: »ICH hab aber NEULICH erst gelesen ...«

Lex: Das hab ich noch NIE gesagt!

Noah: Das sagst du ständig!

Sissi: ... will wohl die Welt verbessern. Vorhersagen: Wird mit Sissi auf einer ökologisch wertvollen Farm in einem Dritte-Welt-Land leben und ein gutes Gewissen haben. (schweigt)

Noah: (zu mir) Was steht denn bei dir über deine Zukunft?

Ich: Bestimmt irgendson Scheiß.

Noah grinst mich von der Seite an. Der soll das lassen.

Ich: Was steht denn bei dir, Sissi?

Sissi: Sollte Lex mal beibringen, wie man sich richtig anzieht, Schmuckstück, Blondie, trieb Herrn Schinkel in den Wahnsinn ...

Ich: Hast du eigentlich einmal in den letzten Jahren irgendwas für Mathe gemacht?

Sissi: ... Vorhersagen: Wird mal mit Lex in einem Dritte-Welt-Land auf einer ökologisch wert-

vollen Farm leben, besser aussehen und seine Kinder kriegen.
Noah: Man sagt doch gar nicht mehr Dritte Welt.
Ich: Was denn sonst?

Sissi schaut aus dem Fenster und hat die aufgeschlagene Zeitung auf den Knien, während Noah und Lex diskutieren. Von der Unterhaltung hören wir nur Wortfetzen. »Amnesty International hat da einen großen Beitrag« … »Hab mal Habermas auf so einer Veranstaltung« … Lex legt den Arm um Sissis Schultern und redet weiter. Sissi lehnt sich nach vorne zu mir.

Sissi: Sag mal, hast du das Tape eigentlich mitgenommen, das eine, auf dem noch das Lied von …
Ich: Welches Lied?
Sissi: Dieser Kerl, der auch mal in dem einen Film, ach Mensch, Scheiße, weißt doch, das eine schöne Lied …
Noah: Und wo genau ist das mit dem Zivi?
Ich: Ich hab keine Ahnung, was für ein Lied du meinst!
Lex: Sagt dir bestimmt nichts, es gibt diese Organisation, die sich um den Schutz der Flora und Fauna an der Ostsee kümmert, die gibt's erst seit ein paar Jahren, läuft aber ganz gut.
Ich: Lex rettet kleinen hilflosen Robben das Leben.

Noah: Ist das Greenpeace?
Ich: Ich hab noch nie Robben gesehen.
Noah: Deswegen muss Lex sie ja auch retten, damit du endlich auch einmal eine kleine Robbe in deine Arme schließen kannst.

Sissi kramt inzwischen durch die Kassettensammlung.

Ich: Sissi, lass das, willst du, dass ich nen Unfall baue?
Noah: Und danach?
Lex: Dann zieh ich nach Hamburg zu Sissi.
Noah: (dreht sich zu Sissi um, die immer noch nach einer Kassette kramt) Studierst du da?
Sissi: Mmmh.
Noah: Und was?
Sissi: Publizistik und Medienwissenschaften.
Noah: Ui. Klingt … nett. Hätte ich gar nicht gedacht, dass du …
Sissi: Nicht Hauswirtschaft oder Modedesign studierst?
Noah: Quatsch. Hast du dich nur in Hamburg beworben?
Sissi: Hab Hamburg als Erstwunsch angegeben. Ich hoffe, dass das klappt.
Lex: Ach, klar, hast doch echt nen guten Durchschnitt!
Noah: Und als Zweitwunsch?
Sissi: (leise) Leipzig.
Ich: Das hast du noch gar nicht erzählt.

Lex schaut Sissi von der Seite an, die seinem Blick ausweicht und aus dem Fenster schaut.

Sissi: Ich hoffe ja auch, dass das mit Hamburg klappt. Mal sehen. (schweigt)
Ich: Guck mal, ne Eisdiele. (fahre an den Straßenrand, stelle den Motor ab und steige aus)
Noah: (beim Aussteigen) Sag mal, gibt's an der Ostsee eigentlich Robben?

Sissi schaut kurz zu Lex, er will was sagen, aber sie steigt schon aus.

Währenddessen ...

(Musik: eels, *hospital food*) Draußen, Tag.
Kurti hat seinen Kater endgültig ausgeschlafen. Wir sehen ihn auf einem Gelände, das wie ein Schrottplatz aussieht, tatsächlich aber der Garten von Sabbe ist. Sabbe sieht aus wie Campino. Er schämt sich noch nicht mal dafür. Sabbe sitzt an einem Ding, das ich nicht einordnen kann, dem technisch versierten Betrachter aber als Vergaser bekannt ist.

Sabbe: Das hat sie nicht!
Kurti: Sie hat! (wieder eine Bierflasche in der Hand, dabei muss er für den Idiotentest gute Leberwerte abliefern, aber hey, wen interessiert das angesichts der akuten Krise?)
Sabbe: Alter, das sollte meine Schwester mal mit mir machen.

Kurti: Du hast keine Schwester.
Sabbe: Ich sag ja nur. Und jetzt?
Kurti: Keine Ahnung.
Sabbe: Wo will die denn hin?
Kurti: Weiß der Geier. Irgendsone Sache. Kirchentag, Konzert, was weiß ich.
Sabbe: Das Ton-Ado?
Kurti: Was soll das denn sein?
Sabbe: Manchmal glaub ich, du lebst echt in nem Paralleluniversum. Ton-Ado! Ganz groß. Irgendwo im Süden. Mensch, da hängen doch überall Plakate rum! Bert und die anderen wollen da auch hin.
Kurti: (er wird hellhörig) Ach, echt?
Sabbe: (hört auf zu schrauben) Ja. Mensch. Frag doch mal, die nehmen dich bestimmt mit.
Und eine Idee ward geboren.

Als wir ankommen, merke ich, wie verkrampft ich bin. Mein Nacken. Irgendwas ist anders.
Noah: (steht neben mir, schaut in den Himmel) O Mann.
Ich: Was?
Noah: Das gibt Gewitter.
Als ich nach oben sehe, sehe ich noch immer blitzeblauen Himmel.
Ich: Wieso das denn?
Noah: Merkst du das nicht?
Ich: Was?

Noah: Mann, und da sagen alle, Frauen seien so im Einklang mit der Natur.
Ich: Du kannst mich mal.
Lex: (läuft auf eine dicke Frau in Schürze zu) Hilde!
Ich: Familie, wir kommen.
Noah: Mach dich auf was gefasst, Sissi, hier heiratest du mal rein!

Sissi steht am Bus und hat die Arme verschränkt. Sie guckt genauso, wie Noah eben in den Himmel geblickt hat.

Ich wusste nicht, dass Lex Familie mit Bauernhof hat. Überall bellt, gackert und viecht es. Hilde ist Lex' Tante.

Hilde: (steht am Herd) Die anderen haben schon gegessen, weil sie gleich wieder aufs Feld müssen.
Ich: Wer sind denn die anderen?
Hilde: (dreht sich zu mir, ihr Gesicht rot wie die Arme, alles ein bisschen zu groß und zu flächig) Mein Mann Fritz, mein Sohn Edgar und seine Frau. Die Kinder sind noch in der Schule.
Lex: Schön!

(Warum ist das schön? Na, was soll's.)

Hilde: (kommt an den Tisch, auf dem eine blau karierte Wachstischdecke liegt, an der Wand tickt eine Uhr, auch die Tapete ist blau

kariert, mit irgendwelchen Blumen, Hilde kommt also und legt Lex eine Hand ins Haar, wuschelt) Ja, mein Guter, und extra für dich hab ich auch Pfannkuchen gemacht, wie Omma immer, Pfannkuchen und Pflaumen.
Lex: (sagt nichts mehr, grinst nur breit und sein Kopf wird von der mächtigen, wuschelnden Hand hin- und hergeworfen)

Wir finden also raus:
In dieser Familie leben mehrere Generationen unter einem Dach. Die anderen Kinder, denn es gibt noch drei, sind zwar keine Bauern geworden wie Hilde und Fritz, aber sie wohnen alle (bis auf Lex' Vater) in der Nähe. Und deren Kinder auch. In dieser Familie verwischen die üblichen Altersgrenzen. Kinder werden auch mal später geboren. Edgar, der ja genau genommen Lex' Cousin ist, hat Kinder, die älter sind als die kleine Schwester von Lex. Verwirrend ist das.

Sissi stochert in ihrem Essen herum.
Hilde: Iss, Kind. (Hilde schüttelt den Kopf. Zu Lex) Ist dünn, das Mädchen.
Sissi: Es schmeckt aber sehr gut, danke.
Hilde: Du bist doch nicht etwa schon satt?
Sissi: Ich … hab irgendwie verdammt viel zum Frühstück gegessen.
Hilde: Nu ja. (aber sie sieht nicht aus, als ob sie das

glaubt) Sind alle auseinandergegangen, die bei uns reingeheiratet haben. Alle. Wie die Lise, weißte, Lex, Lise, Christians Frau. (sie schubst Lex in die Seite, dass er sich fast verschluckt, schaut dann wieder Sissi an und beugt sich dabei über den Tisch) Dünn wien Strich war die (hält ihren kleinen Finger hoch, der zwar klein, aber bestimmt nicht dünn ist), und kaum warense zwei Jahre verheiratet und das Kleine da, da hatse richtig ne Figur bekommen, hatse. (Hilde malt mit ihren Händen üppige Formen in die Luft)

Sissi: (legt ihre Gabel neben ihren Teller) Tut mir leid, aber ich bin satt.
Hilde: (wieder dieser Blick) Nu ja. (zu Lex) Wie lange seid ihr denn schon zusammen?
Lex: (nuschelt durch seinen vierten Pfannkuchen) Fünf Jahre.
Hilde: (pfeift durch die Zähne) Kerl, fünf Jahre. Das ist ja was richtig Ernstes. (sie lehnt sich auf dem Stuhl zurück, verschränkt die Arme und schaut Sissi an)

Draußen, Tag, eine rauchen.
Sissi: Gib mir auch mal eine.
Ich: Was soll das, du hattest doch echt gute Vorsätze.
Sissi: Brauch ich jetzt.

Ich: Bist du okay?
Sissi: Klar! Ich bin okay, du bist okay!
Ich: Sissi, du, wegen ...
Lex: (kommt immer dazu, wenn ich grade mal mit Sissi reden will, aber man gewöhnt sich an alles) Gibste mir auch eine?
Ich: Mann, kauf dir doch selber welche!
Lex: Ey, weißt du, wie viele Kippen du schon von mir geschnorrt hast? Na? Soll ich dir mal vorrechnen?

Sissi wendet sich plötzlich von uns ab, geht auf etwas zu, ein kleines Etwas, flauschig, sitzt unter einem Busch und schaut Sissi mit großen Katzenaugen an. Sissi beugt sich runter, das Tier duckt sich, aber es rennt nicht weg. Da bleibt Sissi sitzen und streichelt die kleine Katze, bis sie nicht mehr weglaufen will, sich in Sissis Hand schmiegt und ihr um die Beine streicht. Sissi hebt das Kätzchen hoch und trägt es zu uns.

Sissi: Guck mal, Schatz, ist die nicht ...?
Lex: Ey, bleib mir ja mit dem Vieh vom Leib!
Ich: Die wird schon nicht beißen.
Lex: Denkste, ich bin blöd? Ich hab ne Scheißallergie gegen Katzen!
Sissi: (irgendwas in ihren Augen verändert sich, mag aber auch am Himmel liegen, der sich wirklich langsam mit dicken Wolken zuzieht) Na gut. (Sie setzt die Katze ab und will sich an Lex kuscheln, aber ...)

Lex: Ey, fass mich jetzt bitte nicht an, du hast überall Katzenhaare! Willst du mich umbringen?
Ich: Glaubste nicht, du übertreibst ein bisschen?
Lex: Was weißt du denn!? Scheiße, es fängt an, meine Augen brennen!
Lex verschwindet im Haus.
Sissi nimmt sich eine neue Zigarette aus dem Päckchen.
Ich: Mann, wie der sich manchmal …
Sissi: Ist okay, Rike, ja? Bitte!
Ich drücke meine Zigarette aus, schaue noch einmal zu Sissi, aber die steht da mit einem Gesicht, das ich nicht lesen kann, und schaut irgendwohin, ich weiß nicht wohin. Aber hier ist es nicht.

Kamera auf ein kleines Glas. Schnaps. Der Schnaps wird aus dem Bild gehoben, als das Glas wieder erscheint, ist es leer. Aber es wird sofort wieder aufgefüllt.
Eine Stimme: Mädchen, du hast aber nen guten Zug!
Ich: Sie sollten mich mal sehen, wenn ich Durst habe!
Dickes Lachen ertönt.
Dann schau ich hoch.
Nach dem ganzen Schießen sitzen wir jetzt hier in diesem Zelt und Onkel Weißnichtwer schenkt mir den weißnichtwievielten Schnaps ein.

Noah: (der neben mir sitzt und jetzt seine Hand über sein Glas hält) Ich nicht mehr, danke, ich steig mal lieber auf Bier um. (flüstert mir ins Ohr) Das solltest du auch mal besser.
Ich: Du bist nicht mein Vater!
Noah: Das wär ja auch noch schöner. Der hätte dir die letzten drei schon verboten.
Ich: Noah, du bist doch echt ...!
Noah: Was bin ich?
Ich: Nichts! Du nervst einfach nur wie Sau!
Noah: (seufzt. Dann) Ich schau mal, wo Sissi und Lex sind.
Onkel: Prost, Mädchen! Bist du sicher, dass wir nicht miteinander verwandt sind?
Ich: Verdammt sicher.
Onkel: Vielleicht sollte ich dir mal meinen Sohn vorstellen!
Ich: Na klar!
Und prost.
Noah kommt zurück:
Noah: Gewitter.
Ich: Ich hör gar nichts.
Noah: Ich mein ja auch Sissi und Lex.
Ich: Was ist mit denen?
Noah: Fiese Stimmung.
Ich: Wegen der Katze?
Noah: Was für ne Katze?
Ich: Die ... (aber da wird auch schon wieder mein Glas aufgefüllt) Prost!

Noah: Was redest du denn da?
Ich: Noah, weißte was, du kapierst auch g-a-r-n-i-x!
Noah: Aber du hast den großen Durchblick?
Ich: Jawoll.
Onkel: Genau, Kleine!
Ich: Siehste?
Noah: Willst du nicht mal Sissi ...
Ich: Sissi ist alt genug. Ist ihre Beziehung. Nicht meine. Ein Glück. Lieber sterb ich, als ... och, nochn Schnäpperken, prost!
Noah: Rike?
Ich: Wahas?
Noah: Vergiss es! (geht wieder. Soll er doch.)

Irgendwann stehe ich im Regen und kotze mir die Seele aus dem Leib. Dieses Gefühl, als würde sich das Innerste nach außen kehren. Im Hintergrund höre ich Ufftata-Musik. Es ist dunkel und es regnet und mir ist kalt und die anderen habe ich seit Stunden schon nicht mehr gesehen.
Dann setze ich mich auf eine Bank, ist mir egal, dass ich nass werde, ist mir scheißegal. Küssen werde ich auch nicht mehr, nicht wie die da drüben, die auch auf so einer Bank sitzen, im Regen. Knutschen wie nichts Gutes, gehen sich unters Hemd und an die Hose, dann stehen sie auf, nehmen sich an der Hand und der Kerl zieht Sissi hinter sich her, zieht sie über den Festplatz, bis das Licht nicht mehr reicht. Und

obwohl mein Kopf sagt, steh auf, steh jetzt verdammt noch mal auf, dir ist kalt und das war Sissi, die da, jetzt steh doch auf, trotzdem will mein Körper nicht aufstehen, dabei friert er.

Dann höre ich Noahs Stimme. Wie in diesen Träumen, in denen was Schlimmes passiert, und dann kommt diese Stimme, die einfach nur gut ist, weich und warm, Noahs Stimme, die meinen Namen ruft. Mein Kopf dreht sich in die Richtung, aber zurückrufen kann ich nicht. Brauche ich auch nicht, denn Noah findet mich, der Traum geht gut aus. Noah wird mich an der Hand nehmen, mir sagen, dass das nicht Sissi war, mir sagen, wie sehr er mich liebt, dass er diese Marie nur erfunden hat, um mich eifersüchtig zu machen, weil er mich liebt, dann werde ich ihm sagen, dass ich ihn auch liebe, und er wird mich irgendwohin bringen, wo es warm und weich und trocken ist, ins Noahland.

Noah kommt an und sagt: Hast du Sissi gesehen?
Ich: Noah, wo ist eigentlich deine Arche?
Er: Haha!
Ich: Aber das ist die Sturmflut.
Er: Ich hab dich gewarnt, dass dieses Zeug hart ist!
Ich: (schwanke ein wenig und versuche mich an der Bank festzuhalten) Hoppla!
Er: (hebt mich hoch und hält mich. Verdammt, riecht der gut, warum riecht der immer …

	na gut, benutzt ja auch scheißteures Parfüm und duscht, wann er kann, mmh, wie der ...) Rike, üüüh, hast du gekotzt?
Ich:	(halt jetzt ja den Mund zu, wer weiß, wie du stinkst! Also nicke ich.)
Er:	Ist dir jetzt besser?
Ich:	(zucke mit den Schultern)
Er:	Du, Sissi und Lex haben sich unglaublich gefetzt und jetzt ist sie seit einer halben Stunde weg.
Ich:	Sissi ist mit so nem Kerl weg.
Er:	Mit was für nem Kerl?
Ich:	Die hat da gesessen und mit dem geknutscht und dann sind sie weg.
Er:	Verdammt. Ooooh, verdammt.
Ich:	Warum ... (aber das war's auch schon mit meiner Artikulation)

Noah nimmt mich fest in seinen Arm und schleppt mich zum Zelt.

Noah:	Und Lex ist auch weg. Na hurra. (Noah schaut umher, die Menschen tanzen und trinken, dann guckt er mich an) Ich glaub, ich bring dich lieber mal nach Hause.

Auf dem Weg in der Nacht im Regen, der noch leicht von den Bäumen tropft. Mein lieber Noah, so hab ich dich auch mal nach Hause gebracht. Da habe ich dich auf einer Party gefunden, in der Walpurgisnacht. Ich hatte einen üblen Streit mit Dirk gehabt, der hatte mir eine runtergehauen, und ich hab zurückgehauen, nicht wie seine Freundin, die immer nur gesagt hat, sie hätte es verdient. Dirk und ich haben uns geprügelt, bis er mir die Hände festgehalten hat und ich gezittert habe vor Wut, dass ich ein Mädchen bin, mit so viel Wut, aber weniger Kraft als dieser Penner. Dann haben die anderen eingegriffen, wie sie das immer gemacht haben, wenn Dirk mal wieder ausgetickt ist, und ich bin nach Hause gegangen, habe gezittert, und da warst du, mein Noah, auch betrunken, aber süß warst du, hast mich geküsst und dich auf mich gestützt. Ich hab dir erzählt, was mir passiert ist, und du hast gesagt, dass du den Kerl vermöbeln wirst, dabei konntest du dich kaum auf den Beinen halten. Wir sind zu dir nach Hause gekommen, und du hast gefragt, ob ich noch mit nach oben will, hast mich geküsst, und ich habe gesagt, dass ich nach Hause muss, weil ich noch immer zittere. Ich hätte einfach mit dir nach oben kommen sollen, und wir hätten das eine Lied auf repeat gestellt, das Lied, zu dem wir uns das erste Mal geküsst haben. Ich hab mir die CD gekauft und es auswendig gelernt.

Ich fange leise an zu singen: »came in from a rainy Thursday on the avenue, thought I heard you talking softly. I turned on the lights, the TV and the radio still I can't escape the ghost of you ...«

Und du sagst: Was singst du denn da?
Und ich: Keine Ahnung.
Und du: Sag doch mal. Das kenn ich doch.
Ich: Vergessen.
Duran Duran. *Ordinary world*. Das bleibt.
Wir gehen ins Haus, legen uns in das Großelternschlafzimmer mit den getrennten Betten. Wir liegen unter dicken warmen Decken im Trocknen, und es wäre so leicht, zu dir rüberzugehen, mich zu dir zu legen, so leicht, aber die Decken sind so schwer.

Samstag, 14. Juni

Als wir zum Frühstück kommen, sitzen Sissi und Lex am Tisch. Es ist, als sei das alles nur ein böser Traum gewesen, aber dann sehe ich Sissi schweigen und Lex wie wild in seinem Kaffee herumrühren. Es ist passiert, das war kein Traum.

Hilde: Morgen, Kinder. Na, habt ihr gut geschlafen?
Ich: Ja (au, au, das war das lauteste und schmerzhafteste Ja, das ich je gesagt habe).
Noah: Ja, danke.

Und da auch ich schweigen muss, weil jeder Ton, den ich von mir gebe, in mir widerhallt wie in einer Kathedrale, nur nicht so heilig, redet Noah als Einziger mit Hilde. Sie schenkt Kaffee nach und ich trinke ihn, dabei mag ich keinen Kaffee, und mein Körper will Multivitaminsaft, aber alles, was es hier gibt, wird mir schwer im Magen liegen. Schinken, Wurst, dicker Käse, fettige Milch mit Haut. Ich verkneife mir meine Frage nach Tee. Ich bin hier Gast. Also verhalte ich mich ruhig.

Dann stehen wir vorm Bus.
Wir tragen Sonnenbrillen und schweigen. Der Bus ist beladen, und in der Kühltasche lagert Proviant für uns. Hilde schließt die Haustür hinter sich.
Noah: Na gut, ich fahre.
Wir steigen ein. Sissi und ich setzen uns auf die Rückbank, nachdem Lex sich schnell auf den Beifahrersitz gequetscht hat. Als wir sitzen und die Türen zugezogen haben, schweigen wir weiter.
Noah: Wisst ihr was? Wir fahren jetzt zu meiner Familie. Hat irgendwer was dagegen?
Aber keiner sagt was. Kunststück.

Als sich Lex nach einer halben Stunde eine Zigarette anzündet, wird mir übel. Erst nur leicht, aber dann steigt das Gefühl und ich schreie: Halt sofort an!
Noah zieht den Wagen an den Seitenstreifen und bremst scharf. Ich reiße die Tür auf und nach einigen Schritten beuge ich mich nach vorne und kotze schon wieder. Dann fühle ich Sissis Hand auf meinem Rücken, höre die anderen Türen und wie Lex und Noah aussteigen.

Noah: Dauert das noch?
Sissi: Was soll das denn?
Noah: Sorry. Wir gehen dann mal ein Stück.
Ich spucke inzwischen nur noch Speichel, aber mein Körper zuckt weiter den Rhythmus. Ich hab Tränen in den Augen stehen vor lauter Anstrengung. Ich wische mir den Mund mit dem Jackenärmel ab, dann richte ich mich wieder auf.
Sissi: Geht's wieder?
Ich: Muss wohl.
Sissi lächelt.
Ich: Und du?

Sissi und ich setzen uns auf einen Stein. Noah und Lex entfernen sich immer weiter von uns weg.
Sissi: Das ging gestern alles so …
Ich: Schnell?
Sissi: Irgendwie schon. Das war alles so … Weißt du, dieses Gerede von heiraten und so. Scheiße. Und weißte was? Ich hasse diese Hilde! Selten ist mir eine Frau so auf die Nerven gegangen wie die.
Ich: Verständlich.
Sissi: Irgendwie hat sich das alles hochgeschaukelt.
Dann schweigt sie und schaut zu den Jungs.
Ich: Wer war der Kerl?
Sissi: (leise) Ralf. Ich hab mich mit dem unterhalten und dann ist Lex durchgedreht und

plötzlich haben wir uns gestritten wie noch nie. Lex hat sich total zulaufen lassen und war nur noch laut und peinlich. Ich bin dann nach draußen gegangen und Ralf ist mir hinterhergegangen. (schaut mich an) Verstehst du, Ralf und nicht mein Freund. Der hat sich schön weiter mit seiner Familie besoffen und auf Bauernjunge gemacht. Und Ralf hat mir zugehört. Und dann …

Ich: Ich hab euch gesehen.

Sissi nickt und blickt zum Boden.

Ich: Hast du mit ihm geschlafen?

Sissi nickt. Dann dreht sie sich wieder zu mir.

Sissi: Weißt du, das war einfach so … neu. Der erste Kuss und eine andere Haut berühren, das war so … Mann, Rike, ich hab fünf Jahre, verstehst du, fünf Jahre, und keinen sonst und …

Weiter sagt sie nichts. Dahinten legt Noah Lex eine Hand auf die Schulter.

Ich: Aber das kriegt ihr doch wieder hin, oder, Lex und du? Das war doch nur ein Ausrutscher?

Sissi: (ihre Augen dunkelblau, schauen mich an) Ja. Ja, Rike.

Ich: Gut.

Ich stehe auf und ziehe sie hoch. Plötzlich habe ich wieder Kraft in mir. Sissi folgt mir, als habe sie sich gerade übergeben und nicht ich.

Noah: So. Und weil es euch so interessiert, erzähle ich jetzt mal, wo wir überhaupt hinfahren.
Keiner antwortet.
Noah: Wir fahren in den Taunus. Zu meiner Oma. Das ist nicht meine richtige Oma, das ist die zweite Frau meines Großvaters, aber sie ist ... richtig cool. Ich hab auch schon angerufen, und wisst ihr was? (er blickt in den Rückspiegel) Auch dort im Taunus feiern sie lustige Feste. Das Lampionfest. Und wir gehen da heute hin. Freut ihr euch?
Ich schaue aus dem Fenster. Sissi hat mir eine Flasche Sprudel gegeben, aus der ich immer wieder kleine Schlucke nehme. Mir ist nicht mehr schlecht. Aber richtig gut geht es mir auch nicht.

Noah: Ob ihr euch freut, hab ich gefragt!
Ich: Ja, verdammt noch mal!
Noah: Na bitte. Geht doch. Ein bisschen mehr Enthusiasmus, die Herrschaften. Wir erleben hier gerade ein Abenteuer!
Dann stellt er die Musik lauter.

Sissi und die anderen reden nicht weiter. Die Musik ist laut und manchmal singt Noah dazu, wie er es eben tut. Lex raucht wie bescheuert. Ich versuche zu schlafen, mache die Augen zu, aber schlafen kann ich nicht. Die Gedanken verstricken sich zu schrägen Halbwachträumen. Sissi, die nicht an der Hand von Ralf, sondern von Noah hängt. Lex trägt eine Schürze und backt einen Pfannkuchen nach dem anderen. »Iss, Kind, iss, dass du rund und fett wirst.« Kurti, der den Schlüssel vom Bus in der Hand hält und mich angrinst. »Siehst du, hab ich dich!« Immer wieder öffne ich die Augen, will fragen, wo wir sind, döse aber wieder ein. Dann werde ich wach, als der Bus steht.

Ich: Sind wir schon da?
Lex: Nee, Sissi musste mal. Noah kauft Kippen.
Dann dreht Lex sich zu mir um.
Lex: Ey.
Mehr sagt er nicht.
Ich: Ey.
Lex: Das wird schon wieder. Sagt Noah auch.

Ich weiß nicht, was ich darauf antworten soll. Wir sind keine Freunde, Lex und ich, vielleicht waren wir es mal, aber eigentlich ist er nur der Freund meiner besten Freundin. Und wenn das auch nicht mehr der Fall ist und ich mich entscheiden muss, dann nicht für Lex. Aber das werde ich ihm nicht sagen. Lex und Sissi werden sich wieder vertragen. Ich habe große und kleine Streitereien zwischen Lex und Sissi mitbekommen. Ich habe Sissi sagen hören, dass das nie nie wieder was wird, dass es endgültig vorbei ist, und einen Tag später lagen sich die beiden dann in den Armen. Und so schlimm ist das diesmal auch nicht. Lex muss ja nicht wissen, dass Sissi mit diesem Typen geschlafen hat, was Lex nicht weiß, das … muss ich ihm auch nicht auf die Nase binden.

Noah steigt wieder in den Bus.
Noah: Ist Sissi noch nicht zurück?
Sissi steht bei den Toiletten. Die anderen können das von ihrem Platz aus nicht sehen. Sissi steht da und starrt auf ihr Handy. Noah hupt. Also steckt Sissi das Handy schnell wieder ein und rennt zum Bus.
Noah: Da biste ja. Dass ihr Weiber immer so lange braucht.

Inzwischen:
Kurti hat seit einem Tag versucht Bert zu erreichen. Endlich hat er ihn.
Kurti: Hey, Bert, Alter, hör mal, ihr fahrt doch da zu diesem Konzert.
Bert: (hustet, räuspert sich) Äh, was?
Kurti: Sabbe hat gesagt, dass du und die anderen zu diesem Festival im Süden fahrt.
Bert: Wer ist denn da überhaupt?
Kurti: Hier ist Kurti.
Bert: Kurti?
Kurti: Ja, Mensch, Bert ... Bert, bist du noch dran?
Bert: Öh, ja, wart mal (dann Geräusche, die sich nicht weiter beschreiben lassen als die Mischung von Husten, das Knistern von Chipstüten, ein Glas fällt um, Fluchen, Nuscheln) ... da bin ich wieder.
Kurti: Also, wann fahrt ihr denn?
Bert: Öh, kein Plan. Ruf mich doch einfach morgen noch mal an, ja? (legt auf)

Sissi hat irgendwas. Irgendwas ist da.

Sissi: Und, wie lange noch?

Lex: Dauert noch ein bisschen. Haste Hunger? (lehnt sich nach hinten und lächelt ein wenig)

Sissi: Nee, danke.

Und dann wieder Noah, Mister Super-Entertainer.

Noah: So, meine Lieben, zu eurer Rechten seht ihr das Dorf, in dem mein Vater aufgewachsen ist. Die ersten sechs Jahre seines Lebens hat er hier verbracht. Bis eines Tages mein Großvater sich den Rücken verhoben hat und nicht mehr als Schreiner arbeiten konnte. Meine Großeltern sind dann zu ihren Eltern, genauer gesagt, zu den Eltern meiner Großmutter gezogen, denn ihr Vater, also mein Urgroßvater, hatte meinem Opa angeboten, dass er bei ihm in der Kanzlei aushelfen könnte.

An diesem Punkt klinke ich mich aus.

Was muss ich mir jetzt Noahs Familiengeschichte anhören? Jahrelang hat er die Klappe über seine Familie gehalten, und jetzt, wo er sich in eine andere verliebt hat, hat seine Familie plötzlich eine Geschichte. Soll er die doch Marie erzählen. Soll er doch das Radio wieder laut stellen, dass ich nicht mehr höre, was er redet, sondern die Foo Fighters, »all my life I've been searching for something, something never comes, never leads to nothing, nothing satisfies but I'm getting close, closer to the price at the end of the rope«, dann wird das Lied lauter und ich möchte meinen Kopf im Rhythmus gegen das Sitzpolster werfen. Schöne Scheiße.

Noah: Scheiße. Stau.
Auch das noch.

Mein Handy klingelt. Wann hab ich das denn wieder angestellt?

Ich: Ja?
Kurti: So. Du machst dir also einen Lauen in meinem Bus. Ich weiß auch, wo ihr hinwollt.
Ich: Sieh an.
Kurti: Ja.
Ich: Ich hab ja auch in den letzten Wochen über nichts anderes geredet.
Sissi: Sag ihm mal nen schönen Gruß!
Ich: Einen schönen Gruß von Sissi soll ich dir ausrichten. Und, wie geht's dir so? Hast du dran gedacht, den Rasen zu wässern?
Kurti: Oh, Mist, vergessen.
Ich: Dann wird's aber Zeit!
Kurti: Jetzt mach mal halblang! (ist der nicht niedlich?)
Ich: Ja, Mensch, und sonst, komm, erzähl mal, ich hab grade ein bisschen Zeit, wir stehen im Stau und, ooh, hoppla, das hätte fast ne Schramme gegeben!

Kurti: Rike! Fahr verdammt noch mal vorsichtig!
Ich: Ich fahr doch gar nicht! Glaubst du denn, ich fahre und telefoniere nebenbei?
Kurti: Wer fährt denn?
Ich: Noah.
Kurti: NOAH?
Ich: Ja.
Noah: O ja, Gruß auch von mir!
Ich: Noah lässt grüßen!
Kurti: Ich bring dich um!
Ich: Quatsch!
Kurti: Rike!
Ich: Oh, es geht weiter, mach's gut, wir hören voneinander. (lege auf)
Und dann stelle ich das Handy aus.

Noah biegt ab, es geht wieder schneller.
Noah: So. Noch fünf Kilometer. Na bitte.
Ich lehne mich zurück und mache die Augen zu, nur kurz, nur für fünf Kilometer.
Kaum habe ich die Augen zugemacht, sind wir schon da. Der Taunus. Berge, eine Kapelle da oben. Hübsch. Sehr hübsch. Noah klingelt, eine alte Frau macht auf, auch in Schürze, warum tragen die eigentlich immer alle Schürzen? Aber diesmal ist es anders.

Noah: Oma!
Oma: Sollst du mich so nennen?!

Die alte Frau ist klein. Aber sie ist nicht so gebrechlich wie meine Oma. Dabei sind sie bestimmt im selben Alter. Und bis auf die Schürze sieht sie auch nicht aus wie eine Oma. Sie sieht aus wie eine Dame.
Noah umarmt sie, sie ist viel kleiner als er, versinkt in seinen Armen. Noah kann schön umarmen. Es gibt einfach Männer, die können umarmen. Kann man das erklären? Es ist so, als würde alles in dieser Umarmung drin sein. Als ob man sich sehr lange nicht gesehen hat und vermisst wurde. Umarmungen wie diese sollten nie wieder aufhören.

Oma: So. Da seid ihr also. Willst du mir deine Freunde nicht mal vorstellen?
Die Dame geht von einem zum anderen, gibt Lex die Hand, dann Sissi und dann steht sie vor mir.

Noah: Das ist Rike.
Ich: Guten Tag.

Sie schaut mich an. Nicht so, wie Hilde Sissi angeschaut hat, mit diesem abschätzenden, wenn nicht gar abwertenden Blick. Sie schaut interessiert.

Oma: Rike. Freut mich. (zu Noah) Das ist aber eine Hübsche!
Noah grinst mich an.
Noah: Können wir dann reingehen?
Oma: Immer noch so ungeduldig. Das sollte dir mal jemand austreiben.

Wir gehen in das Haus. Es riecht hier nicht nach altem Menschen. Nicht nach Medikamenten, nach alter, gelber Haut. Es riecht hier nach antikem Holz und den Schwarz-Weiß-Bildern, die an den Wänden hängen. Ein Bild von Klimt, ein Druck, darauf eine Frau, die halb mit dem Rücken zum Betrachter steht, ihren Kopf umwendet, eine Zeichnung, aber das Gesicht lässt mich nicht mehr los.

Oma: (plötzlich steht sie hinter mir, die anderen sind schon die Treppe nach oben gegangen) Schön, nicht?
Ich nicke.
Sie: Schau dich ruhig um.

Alles hat seinen Platz. In der Wohnung meiner Großmutter quellen die Regale und Vitrinen über von gehorteten Schätzen, sie kann nichts wegwerfen. »Wenn du einmal alles verloren hast«, hat sie mir gesagt. Das war vor meiner Zeit. Krieg hat für mich keine Bedeutung.

Oma: Und wie lange bist du schon mit Noah zusammen?
Ich: Ich bin nicht mit Noah zusammen.
Sie: Oh. Schade.

Ja, schade. Sehr schade. Irgendwann wird Noah wohl mit Marie herkommen, sie wird sich die alten Bilder ansehen, die Aktzeichnungen, die Jugendstilvasen, sie wird mit Noah raus auf die Terrasse gehen und all die Blumen sehen. Sich in einen Gartenstuhl setzen und Tee trinken.

Ich: Ich geh auch mal hoch.
Sie: Ja, tu das.

Als ich oben ankomme, stehen die anderen vor zwei Zimmern. Sissi hat ihre Tasche noch in der Hand. Lex nimmt in dem Moment seine wieder vom Boden hoch.
Lex: Mach doch, was du willst. Ich schlafe hier.
Dann trägt er seine Tasche in das Zimmer und beginnt auszupacken. Sissi schaut ihm dabei zu. Sie lässt ihre Tasche fallen.
Sissi: Ich ... geh mal aufs Klo.
Noah blickt von einem zum anderen.
Ich: Und jetzt?
Noah: Ich häng mich da nicht rein. Ist besser so.

Inzwischen: Kurti rennt hin und her. Er nimmt den Schlüssel, schwingt sich vor dem Haus auf sein Fahrrad und fährt zu Bert.
Er klingelt an der Tür. Ein Hund bellt laut und durchdringend.
Kurti klingelt noch mal. Irgendwann geht die Tür auf.
Bert: (steht im Türrahmen, reibt sich die Augen) Wasn?
Kurti: (geht an ihm vorbei in die Wohnung) Ich wollt nachfragen wegen dem Festival.

Bert: Ey, du hast doch schon mal angerufen, oder?
Kurti nickt.
Bert: Alter, wasn fürn Tag?
Kurti: Samstag.
Bert: Dann stress mich mal nicht so.
Kurti: Ich wollte ja nur mal klarmachen, ob …
Bert: Alter, ich bin am Sack. Wir fahren erst … was is heut? Samstag? Warte. Also, das fängt am Donnerstag an und wir wollen vorher noch mal nach Holland, wir fahrn also erst am Dienstag.
Kurti: Am Dienstag?
Bert: Ja, Mann! Dienstag! Wieso, hastn Problem?
Kurti: Ja, Rike hat meinen Bus und …
Bert: Wer isn Rike?
Kurti: Meine Schwester.
Bert: Du hast ne Schwester?
Kurti: Ja, Mann!
Bert: Krass, wusst ich nicht.
Kurti: Rike hat auf jeden Fall meinen Bus und is wohl unterwegs zu diesem Festival und weiß der Geier wohin noch.
Bert: Aha.
Kurti: Und deswegen muss ich dahin.
Bert: Verstehe.
Kurti: Also, könnt ihr mich mitnehmen?
Bert: Alter, Mann, kein Plan, was stresst du mich eigentlich so? Warum nimmstn nich den Zug?

Kurti: Weißt du, wie teuer das ist?!
Bert: Wahrheit. Na gut. Aber du zahlst eine Tankfüllung!
Kurti: Dienstag, ja?
Bert: Dienstag. Und jetzt schmeiß ich dich raus. Hab noch was vor.
Kurti: Alles klar. Ich ruf noch mal an. Wegen Dienstag.
Bert: (als er Kurti schon zur Tür rausschiebt) Wird sich wohl nicht vermeiden lassen.

Und zurück.
Noah stellt alle Taschen in ein Zimmer.
Ich: Und jetzt?
Noah: Fällt dir was Besseres ein?
Ich: (schüttle langsam meinen Kopf)
Noah: Oh. Sprachlos. So kenn ich dich gar nicht.
Ich: ...
Noah: Da! Schon wieder! Verblüffend!
Sissi kommt wieder aus dem Bad zurück. Sie schaut nach ihrer Tasche.
Noah: Die steht da drinnen.
Sissi guckt nur.
Noah: Unglaublich. Du jetzt auch. Dass ich das noch erlebe! (Noah ab, die Treppe runter)
Sissi: Was meint er denn?
Ich: Vergiss es.
Dann steht Noahs Oma neben uns. Sie schaut in das Zimmer, in dem sich die Taschen stapeln.

Oma: Wollt ihr alle in einem Zimmer schlafen?
Ich schaue zu Sissi. Die hebt die Schultern.
Oma: Ich koch jetzt mal was für euch. Ihr habt doch bestimmt Hunger.
Ich: Ja, Hunger.
Sissi beißt auf ihre Unterlippe.
Ich: Können wir Ihnen helfen?
Oma: Also, ich ...
Ich: Komm, Sissi, runter. Helfen.

In der Küche fällt Licht durch ein mit Blätterdickicht zugewachsenes Fenster. Sissi schweigt. Noahs Oma reicht mir Tomaten, die ich schneiden soll, Sissi rupft den Salat auseinander, zupft in Zeitlupe. Dann steckt Noah den Kopf zur Küche rein.

Noah: Wir gehen mal kurz raus. Alles klar?
Sissi nickt kaum merklich.
Ich: Ja.
Dann geht er.
Wir sind allein.
Ich: Sissi?
Sissi: Mmmh?
Ich: Sag mal, glaubst du nicht, dass ihr vielleicht mal reden solltet?
Sissi: (rupft und rupft, die Blätter werden immer kleiner) Ja. Vielleicht.
Ich: Wie, vielleicht? Klar müsst ihr reden!
Sissi: (sagt wieder nichts)
Ich starre auf die Tomaten. Tomaten besitzen eine

Säure, die die Finger taub machen kann, wenn man zu viele davon schneidet.

Sissi: Ich muss mal kurz ...

Was, sagt sie aber nicht. Sie verschwindet einfach aus der Küche, der Salat steht halb fertig auf dem Tisch, weg ist sie. Ich stehe da.

Die Küche ist kühl. Ist sicher angenehm, hier zu wohnen. Man sitzt draußen auf der Terrasse, und wenn es einem zu heiß wird und man sich ein kaltes Getränk holen will, kommt man in diesen Raum und wird von Kühle umfangen.

Oma: Haben sie dich alleine gelassen?

Ich: Ja. Irgendwie. Keine Ahnung.

Sie stellt sich an den Tisch, an dem eben noch Sissi gearbeitet hat. Ohne etwas zu sagen, nimmt sie den Salat, schneidet den Strunk heraus und rupft die Blätter sorgfältig und schnell in das Sieb. Dann geht sie zum Spülbecken und wäscht den Salat.

Ich: Die Tomaten sind fertig. Ich schneid dann mal die Gurke.

Sie: Ja, mach das.

Ich: Wie soll ich Sie eigentlich nennen?

Sie: Ach. Noah hat gar nicht gesagt, wie ich heiße. Ich bin Tilly. Und du sagen kannst du auch.

Ich möchte danke sagen und tue es nicht. Ich greife zur Gurke und schneide sie in feine Scheiben.

Wir essen auf der Terrasse. Wir essen ohne zu reden. Noah und Lex sind nicht aufgetaucht. Sissi isst wie eine Schnecke, kaut teilweise minutenlang auf einer einzelnen Gurkenscheibe herum.
Mein Handy piept kurz auf, ich greife danach.
Von Noah.
Sind in der stadt kommt doch nach sind am marktplatz

Ich: Wo ist denn hier der Marktplatz?
Tilly: Einfach die Straße hoch, bis es nicht mehr weitergeht, dann nach rechts, und ihr lauft genau drauf zu.
Ich fange an, den Tisch abzuräumen.
Tilly: Lass mal, Rike, geht ihr ruhig los. Ich schaff das schon alleine.
Ich: Sissi?
Sissi legt das Besteck auf den Teller, schiebt den Stuhl vom Tisch weg, steht auf.

Wir folgen einfach den Massen. Alle strömen zum Marktplatz. Auf dem Springbrunnen in der Mitte steht Noah, in seinen Armen Lex. Rampampam aus einer Kneipe. Aus einem der Lautsprecher am Brunnen dröhnt *Sweet home Alabama*. Noah und Lex brüllen den Text mit. Dann sehen sie uns und springen vom Brunnenrand.

Lex: Sissi, meine Maulbeere! (nimmt sie in den Arm und versucht sie zu küssen)

Sissi: Lass den Scheiß! Mann, du bist betrunken!
Lex: Na und? Kann ich meine Freundin nicht mal küssen?
Sissi: Nein! Nicht, wenn ich nicht will! Werd erst mal nüchtern!
Lex: Fick dich, Sissi!
Sissi: Halt's Maul, Lex! Halt einfach dein Scheißmaul!

Noah steht neben mir. Er murmelt etwas, was unter »where the skies are so blue« untergeht. Noah starrt Sissi und Lex an. Wenn die Musik nur so laut wäre, dass man die beiden nicht hören könnte. Das wäre ein gutes Bild im Film. Das würde reichen. Aber man kann sie hören.

Lex: Sissi, du Dreckstück!
Sissi: So nicht, Lex, spar dir den Scheiß für deine Familie!
Lex: Was hast du denn jetzt mit meiner Familie?
Sissi: Ist doch egal!
Lex: Ich bin wenigstens nicht einfach abgezogen! WO WARST DU ÜBERHAUPT!

Er weiß es also gar nicht. Noah hat es ihm nicht gesagt.
Sissi: Du bist echt peinlich!
Sie dreht sich auf dem Absatz um und verschwindet. Lex stellt sich wieder auf den Brunnenrand. Er starrt in die Richtung, in die Sissi verschwunden ist, dann schreit er: »Lord I'm coming home to you!«

Noah schaut mich an. Meine Ohren fangen an zu dröhnen, alle singen dieses Scheißlied, das besser nach den 80ern begraben worden wäre. Warum singen Menschen aus dem Taunus eine Hymne auf einen amerikanischen Südstaat, den sie in ihrem Leben wohl nie betreten werden? Das ist wie mit *sunday bloody sunday.* Wer von diesen brüllenden Idioten weiß denn, was der bloody sunday war, wo der war und warum dieses Lied geschrieben wurde?
Ich gehe los, merke Noahs Blick in meinem Rücken, suche Sissi oder suche sie auch nicht. Ich laufe einfach. Vielleicht ist sie hier auch langgegangen, vielleicht will sie, dass ich ihr folge. Auch wenn ich sie nicht verstehe.

Tilly: Sie ist oben. Hat gesagt, dass sie Kopfweh hat. Ich hab ihr ein Aspirin gegeben und sie hat sich schlafen gelegt.
Ich: Aber es ist noch hell!
Tilly: Im Sommer ist es ja auch lange hell.
Irgendwie macht das Sinn.
Tilly: Komm, Rike, lass uns noch ein wenig nach draußen setzen. Ich mach eine schöne Flasche Äppler auf, und dann reden wir ein wenig.

Ich muss nicht reden. Sissi und Lex sollten reden. Noah sollte mal mit Lex reden. Sissi sollte mal mit mir reden, anstatt sich einfach so zu verpissen. Aber ich bin die Letzte, die reden muss.

Draußen, Tisch, Flieder, Abendsonne und Mücken.

Tilly: (macht die Flasche auf, gießt den Apfelwein ein, lehnt sich zurück) Was war denn eigentlich?

Ich: Die spinnen plötzlich alle. Keine Ahnung, was in die gefahren ist. (trinke einen großen Schluck, das kühlt, es ist so warm, dass ich am liebsten nackt wäre) Wenn ich so was sehe, dann bin ich echt froh, dass ich allein bin.

Tilly: Große Worte.

Ich: Stimmt aber.

Tilly: Mmh.

Dann sagt sie nichts mehr, schaut in die Abendsonne, schließt ihre Augen. Sie sieht aus wie gemalt.

Tilly: So war ich auch mal. Als ich Noahs Opa kennengelernt habe. Da hatte ich noch so viel anderes vor. Aber er wollte heiraten.

Ich: Also haben Sie ihn geheiratet.

Tilly: Nein. Ich hab all das gemacht, was ich machen wollte. Und er hat eine andere geheiratet.

Ich: Aber …

Tilly: Und als Grete dann gestorben ist, da haben wir uns wiedergetroffen. Eigentlich haben wir immer Kontakt miteinander gehabt. Er war da, als meine Mutter starb, als es mir schlecht ging, und ich war da für ihn, wenn es haarig wurde. Wir waren Freunde.

Ich: Das geht?
Tilly: Weißt du, das ist alles Liebe. Ich kann einen Mann lieben und ich kann ihn lieben. Wenn man jemanden mal aus vollstem Herzen und Bauch geliebt hat, dann bleibt das, für immer. Vielleicht ist das dann Freundschaft. Vielleicht ist das mehr. Aber niemand, wirklich niemand kann einem das wieder nehmen. Freundschaft ist eine andere Art Verliebtsein.

Alte Menschen haben die Angewohnheit, weise sein zu wollen. Sie tun so, als wüssten sie alles. Und als wüsste man selbst nichts. Sie reden von damals, davon, dass alles mal anders und besser war. Und vor allem denken sie, dass man wirklich hören will, was sie einem ins Ohr flüstern, wenn sie uns beiseitenehmen.

Aber das hier ist anders. Tilly schweigt jetzt. Keine Ratschläge folgen. Keine Belehrungen. Sie sagt mir nicht, dass ich dumm bin, weil ich jung bin. Sie sitzt da, gießt mir nach, schaut auf den Garten und wird zu der Statue einer schönen Frau im Abendlicht in einem Garten, in dem die Sonne untergeht.

Sissi liegt im Bett und schläft, als ich das Zimmer betrete. Neben ihr liegt ihr Handy. Bestimmt wartet sie darauf, dass Lex sich meldet. Vielleicht hat er schon angerufen. Alles wird gut. Ich ziehe mich aus und lege mich zu ihr in das große Bett.

Sonntag, 15. Juni

Ich habe nicht gut geschlafen. Im Spiegel zoomt mein Blick auf meine dunklen Augenringe. Neonlicht. Die Reise fordert ihren Tribut.
Dudelmusik aus dem Omaradio in der Küche. Der Geruch trägt Kaffee und Brötchen zu mir.

Küche, Morgen.
Am Tisch aufgereiht hinter Blümchentischdecke, Kaffeekanne, Eierbechern, Tellern und Besteck die folgenden Personen: Sissi, die am Rand der Küchenbank sitzt, als ob sie jede Sekunde aufspringen würde, Noah, Lex. Noah und Lex wie Synchronschwimmer, die zeitgleich die Kaffeetassen an ihre Münder führen, schweigen, trinken, die Kaffeetassen absetzen, trotzdem die Finger an den Henkeln lassen. Bizarr. Warum sieht das außer mir keiner? Tilly steht am Herd und hebt gerade in diesem Moment den Topf von der Platte.

Sissi redet in einem fort. Tilly dreht sich zu mir.
Tilly: Guten Morgen, Rike. Hast du gut geschlafen?
Ich nicke. Dann setze ich mich an den Tisch, gegenüber von Noah und Lex. Mein Bein berührt ein anderes, ich ziehe es schnell zurück.
Tilly: Und wohin geht's heute?
Ich: In den Süden, an den Rhein.
Tilly: Ach, wie schön, der gute Rhein.

Noah: Ist auch nur ein Fluss wie jeder andere.
Tilly: Unfug!
Lex: Hast du deine Freundin schon angerufen?
Ich: Gleich, ja?
Sissi schweigt jetzt kurz. Ich schaue sie an. Sissis Haare liegen frisch gewaschen auf ihren Schultern, ihre Augen sind groß und ... blank nennt man das wohl. Keine Spur von Augenringen oder Blässe. Das blühende Leben.
Sissi: Ich kann ja als Erste fahren.
Als keiner antwortet,
Ich: O. K.

Tilly füllt den Proviant auf. Belegte Brote, Äpfel, Saft und Wasser. Zwei Tafeln Nussschokolade.
Beim Wegfahren sehe ich sie am Straßenrand stehen und winken, lange, lange, bis sie im Rückspiegel nur noch ein kleiner Punkt ist.
Noah und Lex liegen auf der Rückbank, die Sonnenbrillen auf den Nasen, dass ich nicht sehe, ob sie schlafen oder wach sind. Sissi hat das Fenster runtergekurbelt, sie trägt ihre Sonnenbrille mit den blauen Gläsern, lässt sich von mir eine Zigarette anstecken und stellt den Sender ein wenig lauter.

Sissi beginnt zu singen.
Noah: Jetzt ruf doch mal deine Freundin an!
Schläft also nicht.
Ich rufe Marlene an.
Ich: Die Mailbox.

Noah: Dann sprich halt drauf.
Ich: Hallo, Marlene, hier ist Rike, hör mal, ich hab dir doch gesagt, dass ich mit ein paar Freunden zu dir kommen wollte. Also, wir sind jetzt auf dem Weg und sind so um (Blick auf die Uhr, überschlage) vielleicht um drei bei dir. Bitte melde dich mal, ob das alles klargeht.
Noah: Na dann.

Was auch immer das heißen soll. Ich antworte nicht. Schaue rüber zu Sissi. Ihr Kopf wippt zur Musik, sie lässt ihre Haare im Fahrtwind tanzen und trägt nur noch ihr Bikinioberteil. Ich habe Sissi immer um ihre Figur beneidet. Sissi kann essen, was sie will, und auch wenn sie doch irgendwann mal zunimmt, dann nur an den richtigen Stellen. Sissi ist schön.
Motorsphycho, *Phanerothyme*. Die ganze CD.
Ich frag mich, wie das alles weitergehen soll.

Nach einer Stunde:
Noah: Ey, ruf die doch noch mal an.
Sie sind verbunden mit der Mailbox von: Marlene. Bitte hinterlassen Sie nach dem Piepton Ihren Namen, Nummer und eine Nachricht.
Ich: Marlene, hi. Ich hoffe, dass du dein Handy irgendwann wieder anmachst, ruf mich doch bitte mal an. Bitte.
Noah: Bist du dir sicher, dass du ihr Bescheid gesagt hast?

Ich: Ja!
Noah: Was isn das für eine?
Ich: Hab ich auf ner Party kennengelernt.
Noah: Das klingt ja vertrauenerweckend!
Ich: Du kannst mich mal. Marlene rockt.
Noah: Dann hoff ich mal, dass sie sich auch so lebhaft an dich erinnert.

Am nächsten Rastplatz.
Noah: Jetzt ruf die doch ...
Ich: Mensch, Alter, ich hab sie doch schon zweimal angerufen.
Noah: Du hast bestimmt wieder was falsch gemacht!
Ich: Ich kann telefonieren!
Noah: Oh, ich vergaß!
Sissi: Will jemand Eis?
Noah/ich/Lex: Nein!
Sissi: Na gut.

Eine Stunde später.
Noah: Die hat sich ja immer noch nicht gemeldet.
Ich: (muss nicht antworten, wenn ich nicht will, war ja schließlich auch keine Frage, oder?)
Noah: Ey, wir sind schon fast da!
Ich: Sissi, wollen wir mal die Rocky Horror ...?
Sissi: Au ja!
Noah: Ich finde ja ...
Volume 10, »I'm just a sweet transvestite from transsexual transilvania-haha!«

Und dann:
Noah: Da wohnt sie also.
Ich: Eigentlich schon.
Noah: Wann um Himmels willen hast du mit der Tante denn telefoniert?
Ich: Letzte Woche.
Noah: Na, dann wird sie ja wohl nicht umgezogen sein.
Ich: Man weiß nie! Wie gesagt, die rockt ganz schön.
Noah: Ich hab die Schnauze voll von deinen Witzen!

Setting: Vor dem Haus, in dem sie eigentlich wohnen sollte. Es ist kurz vor drei. Lex liegt noch immer komatös auf der Rückbank, Sissi ist ausgestiegen und lehnt am Bus. Die Straße ist ruhig. Ein paar Meter weiter tritt ein Fünfjähriger in die Pedale seines klitzekleinen Fahrrades und überfährt versehentlich eine Schnecke, er merkt das nicht, die Schnecke schon.

Ich zeige auf das Türschild.
Ich: Siehste, sie wohnt hier.
Noah: (klingelt. Wartet. Klingelt wieder. Wartet) Mmh, aber deine rockende Freundin scheint nicht da zu sein.
Ich: Vielleicht kommt sie ja später?
Noah: VIELLEICHT?!
Ich: Mensch! Mach dich mal locker!

Sissi: Ja, Noah, mach dich mal locker. Du bist noch soo jung! Du klemmst schon wien Rentner.

In solchen Momenten liebe ich Sissi einfach. Es geht gar nicht anders.
Was Noah jetzt vor sich hin murmelt, während er zum Bus zurückstapft, wird hier nicht wiedergegeben.

Ich: (als ich wieder im Bus sitze) Ich finde, wir sollten uns mal die Gegend anschauen. Spazieren. (drehe mich um) Lex, kannst du schon wieder gehen?
Lex: Üüüaehaü.
Ich: Das find ich super.

Am Rhein wächst Wein auf sonnenbeschienenen Hügeln. Der Wein in dieser Gegend ist besonders gut, weil er die schöne warme Sonne abbekommt und wenig Regen. Weil die Regenwolken von Hunsrück, Taunus und Odenwald abgehalten werden. Die Römer waren auch mal hier.

Lex: Lasst mich zurück, ohne mich könnt ihr es schaffen!
Sissi: Och Lexy! Komm, wir gehen jetzt Kaffee trinken.

Alles ist gut.
Sissi und Lex haben wohl geredet. Sissi kümmert sich um Lex. Lex muss einfach weniger trinken. Das

mit diesem Ralf wird er nie erfahren. Sissi hat bestimmt nachgedacht und gemerkt, dass alles Unfug war. Und dass sie Lex liebt. Ich überstehe die letzten Tage. Lex trinkt Kaffee und Wasser und wird wieder. Ich komme klar. Sissi und ich haben Spaß. Noah ist halt dabei. Aber alles ist gut.

In dieser Kirche sehen wir Gotik und Romanik vereint. Es hat einfach zu lange gedauert, die Kirche zu bauen. Das ist eine evangelische Kirche. Es gibt zwei Rosenfenster und eine Geschichte. Der Meister gab seinen besten Lehrlingen die Aufgabe, sich zu beweisen. Jeder sollte ein Fenster anfertigen, ohne zu sehen, was der andere baut. Als die Fenster enthüllt wurden, sah der böse Lehrling, dass der andere einfach viel cooler war als er und dass sein eigenes Fenster nicht so toll war, wie er gedacht hatte. Also hat der böse Lehrling den guten runtergeschubst. Der war dann tot. Tragisch. Aber die Fenster gibt es noch.

Ich: Aber welches ist das vom guten und welches ist vom bösen Lehrling?
Schweigen. Blicke gen Kirchenrosenfenster. Schulterzucken.
Noah: Komm, wir fahren noch mal bei deiner Freundin vorbei.
Aber sie ist nicht da. Und ans Handy geht sie immer noch nicht.
Ich: Gehen wir jetzt mal an den Rhein?

Noah: Muss das sein?
Sissi: Klar!
Ich: Wir können Steinchen übers Wasser flitschern lassen!
Sissi: Au ja!
Noah: Super.
Lex: Abenteuer. Hast du selbst gesagt.
Noah: Maul!

Der Strand ist halb Sand, halb Steine. Hinter dem Strand ein Wäldchen aus Pappeln.
Lex hat sich hingelegt. Noah läuft unruhig auf und ab.

Ich: Was ist denn mit dem?
Sissi: (gebeugt, weil sie nach flachen Steinen sucht) Der ist sauer, weil er schon soo lange nicht mehr mit seiner Süßen telefoniert hat.
Au. Das sitzt.
Ich: Wir sind noch nie alleine in den Urlaub gefahren. Du und ich, mein ich.
Sissi: (stellt sich wieder aufrecht hin, in ihren Händen vier oder fünf Steine) Ja, stimmt. Wäre eigentlich lustig.
Ich: Ja. Das wär ein Spaß.
Sissi: (setzt an, holt aus, lässt den ersten Stein über das Wasser hüpfen, drei, vier, fünf Mal) Ich will mal nach Kopenhagen.
Ich: Wieso Kopenhagen?
Sissi: Wegen der kleinen Meerjungfrau.

Ich: (mein Stein versinkt mit dem ersten Platsch im Fluss) Gut, Kopenhagen. Und London. Und Prag.
Sissi: Ja. Aber vor allem Kopenhagen.
Noah: (ruft rüber, Portemonnaie in der Hand) Ich geh mal ne Telefonzelle suchen!
Sissi: Alles klar!
Lex bewegt sich nicht.
Ich nehme die restlichen Steine in die rechte Hand und werfe sie alle auf einmal ins Wasser.
Sissi: Bist du O. K.?
Ich: Ist einfach nicht mein Spiel.

Sissi lässt den halben Strand übers Wasser springen. Irgendwann setzt sie sich zu Lex. Ich sehe sie von da, wo ich am Strand sitze.
Sissi sagt jetzt: Na, alles klar?
Lex schaut wie ein kleiner Hund. Und Sissi schaut ihn an, als sei er ein kleiner Hund. Dann legt Sissi seinen Kopf in ihren Schoß. Lex guckt sie einfach nur an.

Als Noah kommt, ruft er mir zu, dass ich meinen Arsch zu ihm bewegen soll. Wichser. Wichser. Wichser.
Noah: Wie spät ist es eigentlich?
Ich: Halb neun.
Sissi: Dann lasst uns gehen.
Noah: Versuch's doch noch mal ...
Ich: Jaha!

Und diesmal geht sie ran.

Marlene: Rike! Krass, Scheiße, hab ich total vergessen, ich wollte dir eigentlich ne SMS schreiben. Hör mal, ich bin grade unterwegs, ich hab diesen Typ letztes Wochenende kennen gelernt und jetzt bin ich bei dem.

Ich: Wo denn?

Marlene: Lyon.

Ich: Lyon???

Marlene: Ey, erzähl ich dir ein andermal. Wird grade teuer.

Ich: Ja, Mensch.

Marlene: Wir telefonieren. Mach's gut.

Aufgelegt.

Ich: Ja, Scheiße.

Noah: Was jetzt?

Ich: Die ist in Lyon.

Noah: Geile Freundin.

Ich: Mann, die ist halt ein bisschen ... verpeilt. (Trifft es das?) Aber ansonsten ist die echt ne Nette.

Noah: Und was machen wir jetzt?

Lex: Wir können doch im Bus pennen!

Ich: Und das Zelt haben wir auch noch!

Noah: Ey, auf Zelt aufbauen hab ich echt keinen Bock.

Ich: Dann lass es doch einfach!

Was für ein Arsch.

Sissi: (schaut auf ihre Uhr) Lasst uns einfach zu-

rückgehen. Zur Not schlafen wir eben im Bus.
Noah: (kickt ein wenig Sand) Von mir aus!

Wie es wohl ist, in so einer Gegend zu wohnen? Hier gibt es Hügel. Darauf der Wein. Es ist noch hell. Der Bus reiht sich ein in eine lange Schlange von Autos. Alle Menschen laufen in eine Richtung, wir ihnen hinterher. Vorne Noah. Die Hände in den Taschen, irgendwann steckt er sich eine Zigarette an. Schneller Schritt. Dahinter Lex, der sich immer wieder nach Sissi umsieht. Dann Sissi, die versucht neben mir zu gehen. Der Bordstein ist schmal. Sissi bleibt ab und zu bei einem Schaufenster stehen, aber hier gibt es nichts zu sehen. Fotos in einem Fotoladen. Unter einem steht: »Unsere Weinkönigin«. Daneben die drei Kinder einer glücklichen Familie.
Wann wird es eigentlich dunkel?
Ich blicke auf und kann Lex und Noah nicht mehr sehen.

Ich: Wo sind die denn?
Sissi: Ist doch egal.
Ich: Quatsch. Ich kenn mich hier nicht aus.
Sissi: Die wollten was essen.
Ich: Und wo?
Sissi: Irgendwo dahinten.
Sie zeigt in eine Richtung, in der nur noch mehr unbekannte Menschen sind.
Ich: Lass uns die mal lieber suchen.

Sissi: Ich muss mal auf Klo. Ich find euch schon.
Ich: Sissi, du kannst doch nicht ...
Sie dreht sich nicht um.

Die Menschen gehen weiter, immer neue Menschen. Ich suche nach bekannten Gesichtern, dabei kenne ich hier nur drei Leute, und gerade die finde ich nicht in diesem Gewimmel. Ich gehe in die Richtung, in die Sissi gedeutet hat. Ich bekomme Ellbogen in die Seite, einer brüllt mir ins Ohr, als er nach einem anderen ruft.

Der erste Stand, an dem ich vorbeikomme, verkauft nur Wein. Der daneben Brezeln. Aber da stehen sie nicht. Noch ein Weinstand. Bänke mit Fremden darauf, die sich zuprosten, die mitsingen, die sich was erzählen, von anderen, die ich nicht kenne.

Auf einmal umarmt mich einer von hinten. Erst krieg ich Panik, werde sauer und drehe mich um, aber dann sehe ich Lex da stehen.

Lex: Renn doch nicht weg!
Noah steht ein wenig weiter an einem Stand, schaufelt etwas aus einem Pappschälchen in seinen Mund, steckt sich eine Zigarette an und schiebt das Essen zur Seite.
Lex: Komm, Rike, heute saufen wir richtig!
Er zerrt mich zum nächsten Stand, bestellt eine Flasche Wein, drei Gläser, schenkt mir und sich eins ein, das andere bringt er Noah.
Lex: Prost.

Noah: Auf was?
Ich: Mir gehen die Trinksprüche aus.
Also trinken wir.
Ich: Wir müssen Sissi finden.
Lex: Ach, die findet uns schon. Zur Not hat sie ja ein Handy.
Ich: Habt ihr eigentlich mal geredet?
Lex: Bin nicht zum Reden hier.
Ich: Du machst mir Spaß!
Lex: (trinkt das Glas in einem Schluck leer, schenkt sich nach, trinkt wieder) Spaß, genau dafür sind wir doch hier!

Eine Frau neben Lex singt ein Lied und schunkelt ihn an. Eines dieser Lieder, das wohl der nächste Sommerhit wird. Mit »Baby« im Text und einem Rhythmus, zu dem die Massen wogen.

Lex: Weißte, Rike, jeder hat nur einen Sommer.
Ich: Was soll der Scheiß denn?
Lex: In jedem Leben gibt es einen Sommer, an dem sich alle anderen messen.
Ich: Quatsch.
Lex: Gar nicht.
Ich: Ich hab aber keinen Bock, nach diesem Sommer zu sagen, dass es keinen besseren Sommer mehr geben wird.
Lex: Aber ist doch geil. Noah, sag doch mal.
Noah: (schaut endlich mal zu uns, die ganze Zeit hat er die Weinkarte hinter der Theke an-

gestarrt, jetzt kennt er die Preise bestimmt schon auswendig) Dann hoff ich mal, dass ich meinen Sommer noch nicht gehabt habe.

Und letztes Jahr, Noah? Weißt du noch?
Nein, Scheiße, weißt du nicht! War ja auch nichts! Wahrscheinlich habe ich mir das alles nur eingebildet! Verdammt! Ich trinke mein Glas leer, dann noch eins, und dann denke ich, dass der Wein eigentlich viel zu süß ist. Scheiß drauf.

Sissi kommt nicht. Wir ziehen einen Stand weiter. Sissi kommt immer noch nicht. Ruft nicht an. Sucht die uns überhaupt?
Ich: Ich geh mal Sissi suchen, kommt ihr mit?
Lex: Ruf sie doch an!
Ich: Vergiss es, hier hört die das Klingeln eh nicht.
Lex: Ach komm, die ...
Ich: Noah?
Der schaut mich nicht mal an.

Also ziehe ich los. Im Gehen trinke ich mein Glas leer, Lex hat schon längst die nächste Flasche bestellt. Dann glaube ich, ich sehe sie.
An der Hand von einem, nein, kann nicht sein. Da ist einer mit Dreads, aber die neben ihm, das muss doch Sissi sein. Und dann ist da auch schon wieder das Gewühl und verschluckt sie einfach, nur hier und da sehe ich ein paar blonde Locken aufblitzen. Ich hin-

terher, aber je schneller ich laufe, umso schwerer komme ich durch die Menge. Dann rufe ich sie einfach. Rufe ein, zwei, drei Mal. Ein Idiot macht mich nach, aber das ist mir egal. Und dann greift sie plötzlich meinen Arm.

Ich: Sissi, da bist du ja!
Sissi: Ja.
Sie zieht mich auf eine Mauer, die Menschen schieben sich nun an uns vorbei, aber Sissi ist hier, das ist gut, ich bin nicht allein, Sissi ist hier.
Vor Sissi steht eine Flasche Wein.

Sissi: Komm, Rike, lass uns trinken. Auf das Ende und den Anfang.
Ich: Warum müssen Trinksprüche eigentlich immer so total sein?
Sissi: Ich hab keine Ahnung.
Ich: Scheiße, ich glaub, ich bin schon angetütert.
Sissi: Ich auch, ist doch egal.
Ich: Wo warst du denn die ganze Zeit?
Sissi: (gießt sich ihr Glas voll, stellt die Flasche zurück auf den Boden, guckt ein wenig in ihr Glas)
Ich: Du hast immer noch nicht mit Lex geredet.
Sissi: Nee. (leiser) Bringt ja auch nichts.
Ich: Wie, bringt nichts?
Sie wartet, sagt erst mal nichts. Setzt kurz an, aber dann starrt sie doch nur in die Menge.
Sissi: Wir fangen doch jetzt erst an. Was weiß ich

	denn, was passieren wird? Ich hab keine Ahnung! Was, wenn ich ... auch noch ins Ausland will? Oder einfach in eine andere Stadt? Oder ...? Weiß ich denn mit neunzehn, was für immer ist?
Ich:	Aber das weiß ich doch auch nicht. Weiß doch keiner! Und die, die sagen, sie wüssten's, die lügen doch.

Mir fällt ein, was mir Sissi ins Poesiealbum geschrieben hat, als wir noch in der Grundschule waren.

»Liebe Rike, du hast schon recht,
die Welt ist falsch und ungerecht.
Fast jeder ist ein Bösewicht,
nur du und ich natürlich nicht.«

Sissi: Versprich mir eines.
Ich: Was denn?
Sissi: Lass uns immer Freunde bleiben.
In Sissis betrunkenen Augen steht die ganze Aufrichtigkeit, die so eine Bitte erfordert.
Ich: Na klar. Für immer.
Sissi umarmt mich. Ich halte sie und sehe mich um. Manchmal muss man was versprechen. Auch wenn man nicht weiß, ob man es halten kann.
Sissi: Ich muss jetzt.
Ich: Was musst du jetzt?
Sissi: Ich erklär dir später alles.
Ich: Was um Himmels willen?
Sissi schaut sich um, blickt auf die Uhr.

Sissi: Ralf ist hier.
Ich: Wer ist Ralf?
Und dann verstehe ich. Sissi schaut zur Ecke. Da steht Ralf. Der mit den Dreads. Der von vorgestern.
Ich: Woher weiß der ...?
Sissi: Ich gehe jetzt. Ich hab meine Sachen dabei. Mach's gut, Rike.

Sissi geht. Sie muss mich nicht mehr umarmen. Als Ralf sie kommen sieht, dreht er sich um und läuft los. Sissi folgt ihm. Ich weiß nicht, wie lange ich da stehe und ihnen nachsehe, selbst als sie schon um die nächste Ecke verschwunden sind, stehe ich noch da. Immer wieder werde ich angerempelt. Plötzlich ist alles verdammt laut. So laut wie nie zuvor. Wo die anderen sind, weiß ich nicht. Irgendwann fange ich an zu gehen. Ich weiß nicht wohin. Ich lasse mich von der Menge treiben. Meine Beine gehen und gehen. Wir sind alle Lemminge, und ich warte auf den Abgrund.

Plötzlich werde ich zur Seite gerissen.
Noah: Da bist du ja! Komm mit, Lex kotzt sich grade die Seele aus dem Leib. Besser, wir bringen ihn zum Bus. Wenn der noch länger hierbleibt, bekommt der nur noch mehr Alkohol angedreht.
Ein paar Meter weiter liegt Lex an einer Mauer. Neben ihm sitzt ein alter Mann, der ihm immer wieder mit einer Weinflasche vor der Nase rumwedelt.

Noah: (beugt sich zu Lex und legt dessen Arm um seine Schulter, sieht zu mir) Los, hilf mir!

Lex ist ein schlaffer Sack. Wir schleifen ihn mehr, als er geht. Irgendwann schaffen wir es aus der Menge raus. Noah läuft zielsicher zu unserem Bus. Ich hatte schon längst vergessen, wo der steht. Der Weg ist nicht weit, aber mit Lex dauert es Stunden.

Noah positioniert Lex so, dass sein Kopf halb aus der Seitentür hängt.

Noah: Falls er kotzen muss.

Ich: Klar.

Ich lasse mich auf den Boden sinken. Noah hat die Beifahrertür aufgeschlossen und sich ins Auto gesetzt. Jetzt raucht er. Bitte frag mich nicht nach Sissi. Bittebitte frag mich nicht nach Sissi.

Noah: Scheiße, wo hast du überhaupt Sissi gelassen?

Ich: Ach …

Noah: Na ja, die wird den Weg zum Bus ja wohl finden. Und wenn nicht, sie hat ja ein Handy.

Ich: Ja.

Lex stöhnt ein bisschen und hustet. Mehr nicht.

Noah: Kannst du noch fahren?

Ich schüttle den Kopf.

Noah: Klasse, ich auch nicht. Na ja, Sissi wird ja bald auftauchen.

Ich sag nichts mehr. Ich warte. Darauf, dass sie fragen, wo Sissi ist. Und was ich weiß.

Montag, 16. Juni

Irgendwann wache ich davon auf, dass sich mir was in den Nacken drückt. Ich öffne die Augen und sehe, dass ich vor dem Bus liege, auf einer Weinflasche. Irgendwo singt einer ein bescheuertes Lied, immer nur eine Zeile, bricht ab, wiederholt die Zeile. Der Gesang entfernt sich. Ich stehe auf und strecke mich. Plötzlich bin ich wach. Ich will weg von hier. Lex hat sich auf dem Boden vor der Rückbank zusammengerollt, so gut, wie es auf so engem Raum nur geht. Noah schläft auf dem Beifahrersitz. Seine Beine liegen auf dem Armaturenbrett.

Ich schließe die Seitentür, setze mich hinters Steuer. Da wird Noah wach.
Noah: Geht's weiter?
Ich nicke. Noah blickt sich um.
Noah: Und Sissi?
Ich: (leise) Sissi ist schon lange weg.
Dann lege ich den Finger an die Lippen.
Als ich den Bus starte, hat Noah den Mund noch offen, aber er fragt nicht weiter.

Ich fahre. So lange, bis wir an einen See kommen. Weiß der Geier, wo dieser See plötzlich herkommt, aber ich halte, zieh mich aus bis auf den Bikini und springe ins Wasser. Kaltes klares Wasser. Es ist Morgen, es ist Sommer, die Sonne scheint und wir machen eine Reise.

Als ich auftauche, sehe ich Noah am Ufer sitzen. Er raucht eine Zigarette und schaut zu mir. Ich lasse mir Zeit. Weil wir Zeit haben. Wir werden nie wieder so viel Zeit haben wie jetzt. Sven, der einzige Vollchrist in unserem Jahrgang, hat mir mal erzählt, dass in der Bibel steht, dass es für alles die richtige Zeit gibt. Das war, als ich ihm eine Zigarette angeboten habe. Sven hat gesagt, für alles gebe es eine Zeit, eine Zeit zum Tanzen, eine Zeit zum Trauern, eine zum Glücklichsein, eine Zeit zum Lachen. Und er habe herausgefunden, dass es für ihn nie eine Zeit zum Rauchen gebe. Irgendwie fand ich das schön, den Gedanken von der richtigen Zeit.

Noah hat mir ein Handtuch hingelegt, als ich aus dem Wasser steige.
Ich: Was ist mit Lex?
Noah: Noch schläft er den Schlaf der Gerechten.

Ich trockne mich ab. Mein Bikini bleibt nass, aber er wird trocknen. Die Sonne scheint schon warm.

Noah schaut mich an.
Ich: Was guckste denn so?
Noah: Lass mich doch mal gucken.
Ich: Hier gibt's nichts zu gucken!
Noah: Ach ja?

Noah hat dieses Grinsen. Manchmal hat er so gegrinst, bevor wir uns geküsst haben.
Noah: Ich hab dich nie nackt gesehen.

Lex: (Plötzlich steht er da beim Bus, groß und wach und alarmiert, wieso ist der plötzlich wach?) Wo ist Sissi?
Ich: (leise) Scheiße.
Noah: Das kannste laut sagen.

Lex hat sich nicht gewaschen, nicht die Zähne geputzt, er hat sich nicht mal eine neues Shirt angezogen und an dem von gestern kleben noch kleine Kotzspuren. Er will nicht essen. Er trinkt Wasser und raucht eine Zigarette nach der anderen. Immer wieder greift er nach seinem Handy und versucht Sissi anzurufen. Immer wieder legt er auf, wenn die Mailbox rangeht. So sitzen wir an einem See im Sommer. Übers Wasser schwirren Libellen, meine Haut wird warm und braun, durch das Gras wandern Ameisen, die ich mir immer wieder von den Beinen wische.

Noah: Lex, das hat doch keinen Sinn.
Lex antwortet nicht, kein einziges Mal.
Noah: Iss doch wenigstens mal was!

Es könnte ein schönes Picknick sein, hier am See. Wir könnten die Frisbeescheibe aus dem Bus holen und ein wenig spielen. Wir könnten die Musik anmachen und dazu im Gras liegen und dösen. Aber so ist es nicht. Noah und ich starren Lex an, der raucht, immer wieder auf seinem Handy rumtippt, aufsteht und rumläuft, ohne Ziel, sich wieder hinsetzt, wieder versucht, sie anzurufen.

Ich: (irgendwann, irgendwann) Vielleicht sollten wir fahren. (Blick zu Noah)
Und der schaut rüber zu Lex.
Noah: Komm, Lex, wir fahren.

Lex schaut auf. Seine Augen sind rot und verquollen vom Kater, seine Haare zerzaust, der Alkohol kriecht ihm aus jeder Pore.

Lex: Wir können doch nicht so einfach fahren!
Ich: Doch, Lex, können wir.

Ich stehe auf, packe die Sachen zusammen und trage sie zum Bus. Steige ein und warte, bis Lex und Noah im Bus sitzen. Dann fahren wir. Weiter.

Nach Bayern.

Lex redet nicht mit uns. Noah wirft immer wieder einen Blick über die Schulter zu ihm, aber Lex starrt aus dem Fenster.
Als wir in Nürnberg ankommen, wird Lex plötzlich unruhig.

Noah: Alles klar dahinten?
Lex: (hält plötzlich in dem inne, was er gemacht hat, beugt sich nach vorne, seine Fahne schwappt in mein Gesicht) Ihr müsst mich zum Bahnhof fahren.
Ich: Was?
Noah: Lex, was –

Lex: Fahrt mich einfach zum Bahnhof, okay?
Noah: Aber wo willst du denn hin?
Ich: Wir wollten doch … das Konzert …
Lex: WEISST DU EIGENTLICH, WIE SCHEISS-EGAL MIR DIESES VERFICKTE KONZERT IST?! Fahr mich einfach zum Bahnhof!
Noah: Wo willst du hin?
Lex: Zu Sissi.
Noah: Aber du weißt doch gar nicht, wo sie ist.
Lex: Egal. Ich werde sie schon finden.

Was über Lex nicht in der Abizeitung stand: Lex bekommt einen roten Kopf, wenn er sich aufregt. Lex ist manchmal wie ein kleines Kind, das auf den Boden stampft und sagt: Ich will aber! Er ist ein Sturkopf. Wenn er zu viel getrunken hat, schmeißt er auf dem Nachhauseweg Bierflaschen auf die Straße. Es bringt nichts, sich mit ihm anzulegen.

Schweigend fahren wir weiter, den Schildern nach, die den Weg zum Bahnhof weisen. Lex packt seine Sachen zusammen, dann sitzt er starr auf dem Rücksitz. Als wir auf dem Bahnhofsparkplatz einfahren, reißt er die Tür auf, bevor ich richtig halten kann. Er springt raus, schmeißt die Tür zu.

Lex: Macht's gut. Und schöne Reise noch.
Er dreht sich um und geht zum Bahnhofsgebäude, ohne noch einmal zurückzuschauen.

Noah: Da waren's nur noch zwei.

Ich starre ihn an. Lex ist schon längst verschwunden. Die Müdigkeit klatscht wie eine große Welle über mich. Das war's.
Ich steige aus und schlage die Tür zu.
Ich schreie. Ist mir egal, wo ich bin, was hier passiert, ob mich jemand sieht oder hört. Meine Augen sind geschlossen, mein Körper gespannt wie ein Bogen, und aus mir kommt dieser Schrei, der nicht aufhören will, einfach nicht stoppt.
Als meine Stimme leiser wird, öffne ich die Augen. Noah ist ausgestiegen und steht mit verschränkten Armen vor mir.

Noah: Alles klar?
Ich: Leck mich!
Noah: Was denn? Noch nicht genug geschrien?
Ich: Lass mich verdammt noch mal in Ruhe!
Noah: Be cool, mach mich jetzt nicht dumm an, nur weil Lex und Sissi ne Krise haben!

Aber ich kann nicht cool sein. Mit dir hat der ganze Scheiß doch erst angefangen. Wärst du nicht mitgefahren, denke ich, aber dann fällt mir nicht ein, was dann anders gelaufen wäre. Vielleicht hätte ich mich mehr um Sissi gekümmert. Vielleicht habe ich ihr nicht genug zugehört, ja, vielleicht hätte sie nicht diese Kacke verbockt, wenn ich sie einfach davon abgehalten hätte. Aber ich hab's ja nicht mal versucht. Und jetzt stehe ich hier auf diesem Scheißbahnhofsvorplatz in Bayern und habe Seitenstechen.

Noah schiebt mich zur Seite, nimmt meine Tasche aus dem Bus, seine, zieht den Schlüssel ab und verschließt den Bus.
Noah: Komm, wir gehen ein bisschen.

Meanwhile ...
Ein Telefon klingelt.
Kurti hat sich im Wohnzimmer häuslich niedergelassen. Wir sehen: Leere Essensverpackungen (Chipstüten, Fünf-Minuten-Terrine, Stanniolschokopapier, Pizzakartons), dazwischen alle möglichen Flaschen, leere Tabakpäckchen, Videos, die er vor einigen Tagen schon hätte zurückbringen müssen, der Fernseher läuft, TV-Shop, Entsafter, so gesund, und nichts geht verloren.
Dazu langsam im Hintergrund PJ Harvey, *Kamikaze*.
Ja, Kurti, »how could that happen, how could that happen again, where the fuck were you looking, when all these horses came in«. »Rufen Sie jetzt an«, sagt die Frau im Fernsehen. Das Telefon klingelt immer noch. Kurti liegt mit dem Kopf im Sofakissen. Es klingelt. Kurti schaufelt sein linkes Ohr frei, merkt, da ist ein neuer Ton, den er schon lange nicht mehr gehört hat. Es ist das Telefon, morsen ihm seine Synapsen.
Synapsen: Kurti, steh auf, geh ran, los, Kurti, du schaffst das schon.
Kurti: Oornnhdsschnaammlhdfd.

Aber er steht auf ... Und irgendwann steht er wirklich. Das Telefon ist geduldig und klingelt. Und Kurti greift sich erst mal in die Haare. Ja, Haare sind noch da. Greift sich unters Hemd. Ja, Brustwarzen sind auch noch da. Klappt doch, super. Kurti muss nur einen Meter zurücklegen, ja, Kurti, gut so, ja. Er hebt ab.

Kurti: Chchchrallo?
Bert: Alter! Das wurde aber auch Zeit.

Als wir im Kino waren, um *From dusk till dawn* zu sehen, musste Sissi mittendrin aufs Klo. Als sie zurückkam, hatte sie nicht nur Probleme, unsere Reihe wiederzufinden, sie war sich auch nicht sicher, ob sie im richtigen Kino war. Sie saß an der Seite, und auf der Leinwand lief kein Gangster-Road-Movie mehr, es war jetzt nur noch Vampir-Splatter. George Clooney hat Sissi dann noch gerettet.
Sissi ist weit weg.

Am Wasser wird man ruhig.
Noah: Am Wasser wird man ruhig.
Ich: Oder darin.
Noah: Jetzt werd mal nicht makaber.
Ich: Tut mir leid.

Entenentenenten. Ich hab kein Brot. Die Spatzen werden frech, kleine Kinder springen immer wieder nach den Spatzen, den Tauben. Es gibt wohl in jeder

Stadt eine Stelle, an der sich Fische, Spatzen, Enten und Tauben um Brot streiten.

Noah: Und was machen wir jetzt?
Ich: (keine Antwort)
Noah: Schließlich haben wir noch zwei Tage.
Ich: (keine Antwort)
Noah: Na ja, zu Sissis Bruder fahren können wir jetzt wohl nicht mehr.

Wo krieg ich Brot für die Spatzen her? Und die Enten?
Hab ich Hunger? Wann hab ich das letzte Mal gegessen?
Noah: Mir fällt nichts mehr ein, Rike!
Ich: Mir auch nicht.
Dann ziehe ich mir die Schuhe aus.

Bert: Kurti, hömma, willst du noch mit?
Kurti: Chrchrhch (also er räuspert sich, ganz schön eklig, was sich in den Atemwegen so alles ansammeln kann), ja … klar.
Bert: Du zahlst aber eine Tankfüllung.
Kurti: Ja, is klar.
Bert: Gut. Also, komm mal heut Abend vorbei.
Kurti: Wieso heut Abend?
Bert: Willste nu mit oder nicht?
Kurti: Klar, aber du hast doch, ich mein, wieso heute Abend, ich dachte, ihr wolltet morgen erst fahren?

Bert: Wieso, haste andere Pläne?
Kurti: Nö.
Bert: Na dann. Bis nachher.

Ich mach einfach mal die Augen zu. Irgendwann habe ich mich dazu entschieden, eine halbe Stunde in den Himmel zu schauen. Jetzt kann ich auch die Augen zumachen.
Noah: Schläfst du?
Ich: (wie Kopfschütteln) Mmh-mmh.
Noah: Ey, kannst ruhig schlafen.
Ich: Nee, ich bin wach.
Noah: Schlaf mal, Rike.

Wieso heute Abend? Ist ja auch egal. Kurti packt.

Ein Gemisch aus Enten, Himmel und Traum. Brot gibt es nicht. Der Bus, Kuhns Eier, irgendwann werden sich die Hühner rächen für all die Eier, die wir ihnen unterm Arsch wegklauen, nur weil sie das Frühstück angenehmer machen. Wer hat das gesagt? Ich sollte aufwachen. Ich bin wach. Nein, ich schlafe. Wach auf, Rike! Ich darf schlafen, aber das macht keinen Spaß, keinen Sinn, ich bin so müde, nur ein bisschen Schlaf, ein paar Minuten, ein paar Jahre, im Winter dann fällt Schnee auf mich wie eine Decke, und ich liege drunter und warte darauf, dass es Frühling wird. Mach die Augen auf. Mach die Augen auf. Mach die Augen auf!

Ich: Wie lang hab ich geschlafen?
Noah: Zwei Stunden.
Zwei Stunden.
Noah: Besser?
Ich: Keine Ahnung.
Noah: Komm, lass uns mal zum Bus gehen.

Gut. Die Tasche ist gepackt. Alles da. Geld hat er auch. Kurti kennt Mamas Versteck hinter Rikes Bild im Schlafzimmer. Da steckt immer Geld. Der Bus hat jetzt höchste Priorität. Außerdem: Er kümmert sich ja nur um Rike. Das müssen die Eltern einsehen. Er erfüllt seine Pflicht als Bruder. Wer weiß, wo die Kleine sonst landet! Mit dem Bus! Ihr wisst doch, wie gefährlich das ist! Kurti nickt und dreht sich eine Zigarette. Sitzt am Küchentisch. Ja, Mama, war doch klar, dass ich Rike nicht so einfach mit dem Bus fahren lasse. Festivals, weißt doch, was da passieren kann. Dacht ich mir, dass ihr davon nichts gewusst habt. Kurti zieht an der Zigarette. Ja.

Ich: Wo ist der Bus?
Noah: (antwortet nicht … antwortet nicht … steht da dumm wie ich und schaut in der Gegend rum, fehlt noch, dass er in den Himmel schaut)
Ich: Der Bus ist nicht da! VERDAMMT! WO IST DER BUS! VERDAMMT!

Noah: (antwortet nicht, zuckt dann irgendwie mit den Schultern)
Ich: Noah! Sag doch mal was!
Noah: Ja, Kacke. Ist wohl abgeschleppt worden.
Ich: WARUM?
Noah: Vielleicht, weil der Bus im absoluten Parkverbot stand? (zeigt hoch zu diesem Schild, das plötzlich dasteht wie der erhobene Finger des Gesetzes, und das auch noch in Bayern. Fuck, verdammter!)
Ich: Ach! Und vorher haste das nicht gesehen?
Noah: Nee.
Ich: Spitze! Und jetzt?
Noah: Vielleicht haben die den ja nur umgesetzt.
Ich: Sag mal, ist dir das schon öfter passiert?
Noah: (ohne auf meine Frage zu antworten, nimmt er mein Handy, wählt) Guten Tag, ich steh hier am Bahnhof in Nürnberg und suche mein Auto, das ich wohl versehentlich im Parkverbot ... Ach, vielen Dank ... Ja, guten Tag, ich suche mein Auto, einen VW-Bus, stand am Hauptbahnhof hier in Nürnberg ... Das Kennzeichen? (guckt mich fragend an, worauf ich die Papiere rauswurschtle und er vorliest) ... ach. Und wo steht der Wagen jetzt? ... Und wo ist das? Aha. Gut, vielen Dank. Ja. Ihnen auch. Wiederhörn.
Ich: Und?

Noah: Wir müssen die Straßenbahn da nehmen. Los, renn!
Ich hasse dich, Noah.

Bingbong macht die Türklingel. Drinnen läuft Musik und ein Hund bellt und Menschen sind da, aber das Bingbong hört natürlich wieder kein Mensch, also noch mal, bingbong. Bingbong! Tür geht auf, irgendeiner steckt den Kopf raus.
Irgendeiner: Häh?
Kurti: Bert hat gesagt, ich soll hier sein.
Der also: Ach?
Kurti: Ja. Weil ich doch mitfahre.
Sagt der: Wieso? Wohinnenübahaupt?
Kurti: Lass mich einfach rein, ja?
Wartet die Antwort nicht ab, sonst dauert das noch Stunden. Geht also einfach vorbei.

Autohof Strobel.
Wie lange habe ich geschlafen?
Noah: (rüttelt an dem Tor, wie ich das eben gemacht habe. Das Tor lässt sich immer noch nicht öffnen.)
Ich: Ey, versuch's doch mal mit »Sesam, öffne dich«.
Noah: Haha, lustig.
Ich: Find ich auch. Verdammt lustig. Da liegt nämlich mein ganzer Scheiß drinnen! Mein Schlafsack, meine Zahnbürste, die warmen

Sachen, aber ist ja nur der Bus meines Bruders. Der freut sich ja sowieso, dass ich mir den Wagen ausgeliehen habe. Alles gar kein Problem. Abenteuer, NICHT WAHR, NOAH?
Noah: Was pisst du mich jetzt eigentlich an?
Ich: Weil kein anderer da ist!
Noah: Stimmt.
Ich: Wann machen die wieder auf?
Noah: Morgen früh um acht.
Ich: Und wie spät ist es jetzt?
Noah: Halb neun.
Ich: Wie viel Geld haben wir noch?

Kurti sitzt auf einem Sofa. Zwei Hunde jagen einander. Das Telefon klingelt. Die Musik läuft, der Fernseher läuft. Kurti macht sich erst mal ein Bier auf.

Die Nacht fängt an. Ich bin hinüber. Der Alkohol, die letzten Nächte, all der Scheiß rächt sich an mir und meinem armen Körper. Keine Decken, kein Bett. Rein gar nichts. Noah läuft irgendwie durch die Stadt, frage mich, ob seine Route einen Sinn ergibt. Ich will keine Pläne mehr machen. Ich will nur den Bus wieder. Verdammt. Verdammt. Noah bleibt plötzlich stehen, zeigt auf ein Schild.
Noah: Guck mal. Lange Filmnacht.
Ich: Nee, oder?
Noah: Ich dachte, du bist so ein Filmfreak.

Ich: Ich verachte Leute, die sich selbst als Freaks bezeichnen.
Noah: Aber du guckst doch einen Film nach dem nächsten.
Ich: Ich bin trotzdem kein Freak.
Noah: Normal bist du auch nicht.
Ich: Danke!
Noah: Ich doch auch nicht. Macht doch nichts.
Ich: Filmnacht? Muss das sein?
Noah: Sind wir wenigstens im Warmen. Für ein paar Stunden.
Ich: Auch wieder wahr.

Kurti: Wieso fahren wir eigentlich heute Nacht?
Bert: Müssen noch nach Holland. Shoppen. Typ ist nur noch bis morgen Mittag da. Hängen dann da noch rum.
Aha. Kurti nickt.

Dienstag, 17. Juni

Ich bekomme keinen einzigen der Filme ganz mit. Immer wieder schlafe ich ein, wache auf, wundere mich, dass die Schauspieler plötzlich andere sind, eben haben die doch noch Krieg gemacht, warum sind denn da plötzlich Raumschiffe?
Irgendwann gebe ich es auf. Noah rüttelt mich wach.
Noah: Los, ist vorbei.

Ich: Wie spät isn jetzt?
Noah: Fast vier.
Ich: Noch vier Stunden. Noch vier Stunden. Noch vier Stunden.
Noah: Wird das jetzt dein Mantra, oder was?

Bert: Gut, dann fahren wir mal.
Kurti: (wäre fast eingenickt) Na endlich.
Bert: Kannst du noch fahren?
Kurti: Wie, fahren?
Bert: Nuschlich?
Kurti: Alter. Ich hab gar keinen Führerschein mehr!
Bert: Ach du Scheiße.

Irgendwo muss man sich doch einen Kaffee ziehen können. Irgendwo muss es doch einen scheiß Getränkeautomaten geben. Verdammt. Aaah.
Ich: Ich sterbe.
Noah: So schnell stirbt man nicht.
Ich: Dann wart mal ab.
Das Handy piept. Wieso piept das denn?
Sie haben eine Kurzmitteilung. Zeigen.
Von: Kurti
Gleich hab ich dich, dann fress ich dich.
Optionen: Antworten.
Leck mich. In zehn minuten bin ich eh tot. Lass mich einfach in frieden sterben.
Senden.

Jetzt muss die Mitteilung erst mal in den Weltraum und dann saust sie wieder runter auf die Erde in den hässlichen Knochen, den Kurti sein Handy nennt.
Handy klingelt:
Kurti: Wasn los? Alles klar?
Ich: Nein.
Kurti: Ist was mit dem Bus?
Ich: Fick dich, Kurti! Schieb dir deinen Scheißbus einfach in den Arsch!
Lege auf.

Kurti hält das Handy, mit dem man gut und gerne einen Chihuahua erschlagen könnte, in den Händen. Denkt nach. Anrufen, fragen: Was ist mit dem Bus? Was meint die denn schon wieder? Aber die geht eh nicht mehr dran. Wird Zeit, dass er die Kleine in die Finger kriegt. Das hat die nur einmal gemacht. Kurti steht vor Berts Haus. Die anderen schmeißen Taschen, ein Zelt und irgendwelche Beutel in den Wagen. Ein Renault. Wie sollen die da alle reinpassen?

Ich: Das ist Folter. Wenn man Menschen foltern will, muss man denen einfach den Schlaf verweigern.
Noah: Dann schlaf doch.
Ich: Hier?!
Noah: (klopft sich auf die Beine) Na los, kannst dich auf meinen Schoß legen.
Ich: Nee, lass mal. So schlimm isses noch nicht.

Bert. Kurti. Fozzie. Django. Und der dicke Maddhin.
Bert: Ey komm, fahr doch mal.
Kurti: Ich kann nicht, verdammt noch mal! Wenn die mich erwischen …
Bert: Dann biste wenigstens deinen Führerschein nicht los.

Django und Fozzie lachen dümmlich. Der dicke Maddhin hüpft von einem Bein aufs andre. Hat schon wieder Pupillen, groß wie Dessertteller.
Bert: Kurti, du stellst dich an wie ein Mädchen.
Kurti: Du kannst doch selbst fahren. Ist doch eh deine Karre.

Das geht jetzt noch ein bisschen so hin und her. Dann setzt sich Bert doch hinters Steuer, Django und Fozzie lachen über Kurti und nennen ihn ein Huhn, und als alle drinnen sitzen, schaukelt das Auto, weil der dicke Maddhin nicht still sitzen kann. Aber dann fahren sie endlich los.

Das ist kein Deutsch. Der Mann, der eben das Tor aufgesperrt hat, läuft langsam vor uns her. Der hat die Ruhe weg.
Ich: Was hat der grade gesagt?
Noah: Ja, den Bus hat er.
Ich: Das hat der gesagt?
Noah: Ja, aber das wussten wir doch, dass der Bus hier steht.
Ich: Aber das hat sich gar nicht so angehört, als ob er über den Bus redet! Erstaunlich!

Er hat den Bus. Er zeigt uns den Bus. Und dann sagt er, dass wir ihm ins Büro folgen sollen. Er setzt sich an seinen Schreibtisch, positioniert seinen Bauch hinter der Tischplatte, nimmt einen Schluck aus der Kaffeetasse und kramt in Papieren.

Ich: Was macht der denn da?
Noah: Ich hab keine Ahnung.
Ich: Ich dachte, du kennst das alles!
Noah: Bei uns werden die Autos einfach nur umgesetzt, man ruft da an, hat seinen Wagen, kriegt ein paar Wochen später ne Rechnung, und das war's.
Ich: Eine Rechnung?
Noah: Ja.
Ich: Und was kostet das?
Noah: Weiß nicht, haben meine Eltern bezahlt.

Keiner kann den dicken Maddhin wirklich verstehen. Manchmal aber sagt er ein Wort, das man einordnen kann. Jetzt, nachdem er zwei Stunden lang vor sich hin gebrabbelt hat, sagt er laut und vernehmlich: Durst. Dann wieder das gewohnte Brabbeln. Dann wieder: Durst! Die Frequenz der geäußerten Dursts steigert sich proportional zu den zurückgelegten Kilometern. Die anderen ignorieren ihn. Kurti schaut rüber zu Bert. Der starrt seit Beginn der Fahrt auf die Straße. Fährt.

Kurti: Haben wir denn nichts zu trinken dabei?

Bert: Doch. Ist alles hinten beim dicken Maddhin.
Kurti: (dreht sich um) Maddhin, du hast doch zu trinken.
Maddhin: Alle.
Kurti: Vielleicht sollten wir mal ne Tanke ansteuern, der dicke Maddhin hat alles ausgetrunken.
Bert: Ich halt jetzt nicht an.
Kurti: Der gibt aber keine Ruhe.
Bert: Mir doch egal.
Kurti: Der geht mir aber ganz schön auf den Keks!
Bert: Du gehst mir gerade auch ziemlich auf den Keks!
Kurti hält besser die Klappe.
Bert richtet seinen Blick für den Bruchteil einer Sekunde auf die Tankanzeige. Als die nächste Tankstelle auftaucht, verlangsamt er und fährt von der Straße ab. Er zieht den Schlüssel ab, reicht ihn Kurti.
Bert: Mach mal den Tank voll. Normal bleifrei. Und bring dem Riesenbaby mal zwei Flaschen mit.
Kurti: Was denn?
Maddhin: Sprite. Sprite. Sprite.

Ich: Bist du dir sicher, dass du ihn richtig verstanden hast?
Noah: (hält die Rechnung hoch, mir direkt vor die Nase) Wie soll ich DAS falsch verstehen?
Ich: Mmmh.

Noah: Und das wollen Sie jetzt von uns haben?
Der Mann nickt unmissverständlich.
Noah: Alles auf einmal?
Der Mann nickt wieder.
Ich: Frag ihn, ob er auch Kreditkarten nimmt.
Noah: Rike, er spricht unsere Sprache!
Ich: Nehmen Sie auch Kreditkarten?
Der Mann sagt etwas.
Ich: Was meint der?

Als Kurti an der Theke steht um zu zahlen, kommen auch noch Fozzie und Django dazu, legen dies und das neben die Kasse, sagen: Der zahlt, wobei sie auf Kurti zeigen, und verschwinden wieder.

Wie war diese ScheißPINnummer noch mal?
Verdammt.

Kurti hat nicht mehr viel Geld über. Aber gut. Es geht weiter.
Kurti: (schnallt sich an) Bis wohin müssen wir eigentlich fahren?
Bert: Ans Ijsselmeer.
Kurti: Was?
Bert: Ja, Mann, der Typ wohnt halt da!

Dann drückt uns der Mann eine Quittung in die Hand, sagt etwas, was wohl Wiedersehn oder so was heißt. Egal, wir haben den Bus zurück.

Noah: Soll ich fahren?
Ich: Ja, bitte.
Noah: Wohin?
Ich: Raus aus dieser Scheißstadt.
Noah: Geht klar.

Der dicke Maddhin wird unruhig. Der dicke Maddhin hat getrunken, war pissen, hat noch einen geraucht, sollte jetzt schlafen. Tut er aber nicht.
Kurti: Sag mal, Maddhin, seit wann bist du eigentlich wach?
Maddhin: Wasn fürn Tag?
Kurti spart sich weitere Fragen. Irgendwann werden sie Maddhins Schweiß als Chemiewaffe im Krieg einsetzen.

Noah fährt, als wüsste er den Weg. Die Straßen werden kleiner, die Orte, durch die wir fahren, auch, irgendwann geht es nur noch hoch. Fahren in den Himmel. Schön. Wieso ist er eigentlich nicht müde?
Wir halten. Steigen aus. Ein Berg. Ein Baum, Platz für den Bus. Wanderwege ohne Wanderer, ein Vogel am Himmel. Noah breitet die Pferdedecke aus.
Wir legen uns hin. Dann schlafe ich ein.

Als sie ankommen, wird Bert wieder cool. Das Geschäft ist gemacht, der Typ gefahren, sie haben Zeit. Das Meer, locker machen, abhängen, bisschen rumdrogen, alles easy. Der dicke Maddhin sitzt am

Strand und schaukelt in seinem Rhythmus, dem geht's gut, mach dich locker, Kurti.

Also break. Zeit, um Popcorn zu holen, aufs Klo zu gehen. Augen zu und Zeit.

Ich schlafe auf dem Bauch. Es gibt Bauchschläfer und Rückenschläfer. Als ich aufwache, sehe ich, dass Noah ein Rückenschläfer ist. Ich liege auf dem Bauch, auf seiner Brust, sein Arm liegt auf meinem Rücken, mein Kopf hebt sich mit seinen Atemzügen. Noah muss schlafen. Noah hat ewig nicht geschlafen. Ich darf ihn jetzt nicht wecken. Ich hebe seinen Arm von meinem Rücken, setze mich auf, lasse ihn schlafen. Gehe zum Bus. Ich muss was trinken. Dann setze ich mich ins Gras und blicke ins Tal, nur um ihn nicht anzusehen.
Es tut weh, Noah so nahe bei mir zu haben. So viel Zeit am Stück haben wir noch nie miteinander verbracht. Und jetzt, wo wir es tun, hat es einen fahlen Beigeschmack. Ich muss die ganze Zeit daran denken, dass wir diese Zeit nur miteinander verbringen, damit er zu ihr kann.
Ich sollte Abschied nehmen. KOTZ.
Dann nehme ich mein Buch und schreibe. Seit Tagen liegt mein Buch im Rucksack, geschrieben hat nur mein Kopf. Lex hat mich mal gefragt, warum ich schreibe. Da hab ich ihn gefragt, warum er nicht schreibt.

Die Wahrheit hab ich ihm nicht gesagt. Schreiben ist lügen. Schreiben heißt, sich einen Film zusammenzuschreiben, der mein Leben sein könnte, es aber nicht ist. Schreiben heißt, dass ich eine Heldin sein kann.
Und dann sehe ich ihn doch an.
Noah, mein lieber Noah. Ich weiß, wie es sein wird. Du wirst zu ihr fahren, und ich sehe dich wohl nie wieder. Nie wieder so wie jetzt. Und irgendwann stehst du am Fenster, in einem Haus, in dem ihr wohnt, ihr werdet Bilder an den Wänden haben, du stehst am Fenster, weil es Liebe ist, schaust raus auf die Straße, wirst älter sein, schön wirst du sein, aus dem Urlaub habt ihr Sand und Muscheln mitgebracht, du hältst die Gardine in der Hand, weil es Liebe ist, und schaust raus auf die Straße.

Was sich Bert eingefahren hat, weiß Kurti nicht. Er hat irgendwann alles mitgenommen, ist verschwunden, dann kam er zurück, steht jetzt vor Kurti, spielt mit dem Schlüssel.

Bert: Los, geht weiter!
Kurti: Wieso jetzt?
Bert: Los jetzt!

Die anderen sitzen schon im Auto.
Es ist Dienstag, Nachmittag. Sie müssen eigentlich erst morgen irgendwann im Laufe des Tages da sein.

Kurti ist verwirrt. Er hat nur was geraucht, weil er mit dem Chemiekram nichts anfangen kann. Kurtis Körper will Natur. Außerdem ist Kurti ein Schisser. Wer weiß, was in dem Zeug alles noch drin ist. Da können die noch so oft sagen, nee, ist ganz rein, echt wahr. Kurti hat immer die Finger davon gelassen, Alkohol und Kiffen reichen ja auch.
Der dicke Maddhin hat wieder an Geschwindigkeit zugelegt. Er singt jetzt sein Gebrabbel. Fozzie und Django reden in einer Tour, und Bert hat Aphex Twin eingelegt, *come to daddy!*
Kurti wird nervös. Wenn er zu Hause einen raucht, ist das entspannend. Schön kiffen, Musik dazu, essen, bisschen fernsehen. Aber hier im Auto mit den anderen, die einen anderen Film fahren als er, kippt der Rausch um in das, was Kurti am Kiffen hasst: Paras.
Sie nähern sich der Grenze. Aphex Twin ist hart.

Kurti: Können wir nicht was anderes hören?
Bert: Nein!

Come to daddy. Immer wieder. Der Mann, der solche Musik macht, hat bestimmt ein Problem. Kurti denkt an das schreckliche Video zu *window licker*. Gruselig. Die Grenze kommt immer näher. Grenzen besagen eigentlich gar nichts. Nicht in Europa. Aber was, wenn doch, nur so stichprobenmäßig? Kurti denkt an das Drogenwunderland, das noch nicht mal gut versteckt ist. Verdammt.

Der dicke Maddhin kurbelt das Fenster runter und schreit: Droooooogen! Hhuuuuuuuuuuuuu. Kraaaaassss.
Der dicke Maddhin schreit, er sei der Regenbogenkönig, und fingert sich an der Hose rum.

Django: (kreischt, lacht) Alter, der holt gleich seinen Schwanz raus!
Fozzie: Ey, wenn der anfängt zu wichsen!

Der dicke Maddhin schreit.
Fozzie und Django gackern wie die Hühner.
Kurti sieht, dass auf der Straße Tempo hundert ist. Schaut auf den Tacho. 150. Mmh. Das ist mal ganz schön schnell. Kurti beruhigt sich. Nein, kein Auto von den Bullen irgendwo, ruhig, Kurti. Aber dann, Kurti, denk an die Zivilbullen! O verdammt!

Kurti: Bert, kannste nichn bisschen langsamer fahren?
Bert: Halt's Maul!

Der dicke Maddhin macht schraddelnde Bewegungen mit seiner Hand. Kurti sieht es aus dem Augenwinkel. Scheiße, das geht gar nicht, die ganze Scheiße geht gar nicht. Das, was die dabeihaben, ist einfach zu viel, und das, was sie fahren, ist einfach zu schnell. Kurti denkt, dass ein verlorener Führerschein lächerlich ist verglichen mit dem, was ihm jetzt blüht. Verdammt. Verdammt!

Die Bewegungen des dicken Maddhin werden schneller.
Das war's. Kurti flippt. Geht nicht mehr. Vorbei.
Kurti: (schreit, lauter als das Gelache der Säcke auf der Rückbank, lauter als Aphex Twin, lauter als der röhrende Motor) HALT AN!!!
Bert zieht rüber. Das Auto schlittert ein wenig, die Bremsen quietschen, aber dann stehen sie. Bert schaut rüber zu Kurti, Kurti schwitzt den hässlichen Schweiß der Angst, der Panik.

Bert: WAS?
Kurti: Mann, was, wenn die …!

Bert beugt sich rüber zu Kurti, öffnet die Tür, schmeißt Kurtis Tasche raus, schubst Kurti hinterher. Die Tür schließt sich, und Kurti kann dem kleinen blauen Wagen nur noch hinterherschauen.

Als ich vom Pinkeln zurückkomme, hat Noah mein Buch in der Hand.
Noah: Kann ich mal lesen?
Ich: Nein!
Noah: Warum nicht?
Ich: Darum!
Ich reiße ihm das Buch aus der Hand und stecke es wieder in den Rucksack zurück.
Noah: Jungejunge. Schreibst du über mich?
Ich: Nein.
Noah: Warum nicht?

Ich: Weil sich die Welt nicht um dich dreht.
Noah: (blödes Grinsen) Echt nicht?
Ich: (muss auch grinsen) Nein, echt nicht. Das hätten dir deine Eltern vielleicht mal früher sagen sollen.
Noah: (lehnt sich zurück) Mensch, verdammt, meine Welt bricht zusammen.
Ich: Idiot!
Noah: Nee, jetzt mal in echt, schreibst du noch?
Ich: Ja.
Noah: Hast du dich da an dieser Akademie eigentlich beworben?
Ich: Sag mal, hast du eigentlich auch so einen Hunger wie ich?
Noah: Ja. Was ist denn noch in der Kühltasche?
Ich: Ich glaub nicht, dass ich das noch essen will.
Noah: Wollen wir's mal da unten versuchen?
Er zeigt auf das Dorf, das am Fuß des Hügels liegt.
Ich: Ja.

Trampen ist lang her. Hat Kurti das letzte Mal gemacht, als er selbst noch nicht fahren durfte. Ist echt lang her. Italien. Krass. Kurti grinst. Wie war das noch? Schild basteln. Kurti hat aber gar keine Pappe. Keinen Block. Hat auch keinen Stift. Mmh. Doof. Hält er einfach mal so seinen Daumen raus. Wird schon die richtige Richtung sein.
Ein Auto fährt vorbei. Noch eins. Noch eins. Die Fahrer starren alle auf die Straße. Guckt ihn keiner

an. Kurti wartet. Das kann doch nicht so lange dauern. Hat doch damals auch nie so lange gedauert. (Kurti vergisst die Tankstelle bei Bremen, an der er achtzehn Stunden verbracht hat, dann hat er irgendwann einen angebettelt, dass er ihn zum nächsten Bahnhof bringen soll. Seitdem meidet Kurti Bremen. »Bremen is fürn Arsch«, sagt Kurti, und keiner weiß warum.)
Na ja. Der da hält. Ja, der wird halten. Nee, hält nicht. Mmh. Der da. Nee.
Gut. Eins von den nächsten zehn Autos wird halten. Kurti macht gerne kleine Deals mit dem Schicksal. Eins. Zwei. Dann gar keins. Dann dreivierfünf. Dann sechs. Warten. Sieben. Mmh, wird knapp. Acht, neun. O. K., zehn muss halten. Zehn kommt. Und fährt vorbei.
Kurti überlegt, wie das damals wirklich war mit dem Trampen. Da gab es doch einen Grund, warum er das so lange nicht mehr gemacht hat. Und dann sagt Gott: »Na gut, der Kurti darf weiter.« Und schickt dem Kurti einen LKW, weil sich der LKW-Fahrer jetzt grade langweilt und zu Gott gesagt hat, das wäre doch ganz nett, ein wenig Gesellschaft zu haben. Der LKW hält, Kurti steigt ein und Gott kann sich wieder anderen Dingen zuwenden.

Am Marktplatz liegt ein Café, das auch eine Speisekarte hat. Das ist gut. Mir ist das mit dem Geld inzwischen egal. Morgen werden wir weiterfahren, noch ein paar Stunden lang, nicht mehr weit. Und dann werde ich da sein. Endlich.

Mir gegenüber sitzt Noah. An der Wand hinter ihm hängt ein großes Schwarz-Weiß-Foto, ein Punk macht Anstalten, in den Apfel zu beißen, den ihm eine Barbusige hinhält. Um ihren Arm windet sich eine Schlange. Der Punk ist tätowiert. Die Busenfrau hat größere Brüste als ich. Aber schöne Brüste.
Noah schaut sich auch um, als er sieht, dass ich das Bild fixiere.

Noah: Krasse Brüste.
Ich: War klar, dass du das sagst.
Noah: Bin eben auch nur ein Mann.
Ich: Ja. Nur ein Mann.
Noah: Scheiß Emanze.
Ich: Ich bin keine Emanze.
Noah: Weißt du eigentlich, dass ich mit dir am liebsten streite?

Ich auch. Die Bedienung kommt. Pizza. Bier. Großes Bier. Wir laufen nachher nur noch zum Bus. Da steht das Zelt. Ich kann mir nicht vorstellen, dass das hier geklaut wird. Wo Bayern doch so katholisch ist.

Als ich der Bedienung hinterherschaue, sehe ich am Tresen das Mädchen vom Foto sitzen. Jeder hier kann sie sehen, und es ist klar, dass sie das ist, Verwechslung ausgeschlossen. Sie ist so alt wie ich. Was wohl über die in ihrer Abizeitung stand.

Noah: Bei der haben sie bestimmt »Geile Brüste« in die Abizeitung geschrieben.
Ich: Kannst du noch an was anderes denken?
Noah: Ja, ans Essen.
Ich: War ja klar.

Sie sind zwei Stunden gefahren. Kurti denkt, dass Trucker eins der coolsten Leben haben. Immer so ein bisschen einsam. Immer unterwegs. Lernen neue Menschen kennen. Sind unabhängig. Hören Rock. Essen Steaks. Funken. Das sind die wahren Wölfe. Jawoll.
Henk, der Trucker, sagt jetzt, dass er mal was essen muss. Kurti freut sich. Jetzt halten sie bestimmt in einer richtigen Truckerkneipe. Wo es Schnitzel so groß wie Kuhfladen gibt. Dazu eine Wagenladung Pommes. Sehr geil.
Der Trucker fährt ab. Hält. Ey, allein schon das Aussteigen! Nicht nur Tür auf, Füße raus, Tür zu: nee! Aus so einem Truck muss man rausklettern. Ganz cool runterspringen. Und wenn die Tür zufällt, dann fällt sie richtig zu.
Kurti hat natürlich seine Geschichte erzählt. Der Trucker hat zugehört. Die böse Rike, dieses verdorbene Miststück. Diese geisteskranken Mitfahrer, die ihn einfach ausgesetzt haben. Und da steht er nun, ohne Kohle, und sein Tabak geht langsam auch zur Neige.
Henk hat Herz. Henk lädt Kurti ein. Kein Ding.

Reisende unter sich. Männer auf der Straße. Und zum Nachtisch legt er ihm auch noch ein Päckchen Tabak neben den Teller. Krass. Gott muss Kurti ganz schön gernhaben, denkt Kurti. Dann gehen sie noch zusammen pinkeln. Und dann weiter.

Noah: Noch ein Bier?
Ich: Mmh (eigentlich hab ich die letzten Tage schon genug getrunken, ach was, die letzten Wochen. Gab ja immer wieder was zu feiern oder zu ertränken, das muss langsam aufhören).
Noah: Komm, Rikelein, wenn wir nur ein Bier trinken, werden wir hier scheel angeschaut. Wir sind in Bayern!
Ich: Stimmt eigentlich. Wer weiß, was die hier mit einem machen, wenn man nur ein Bier trinkt!
Noah: Ich hab verdammt üble Geschichten gehört.
Ich: Die musst du gar nicht erzählen.
Noah: Ist wohl auch besser so …

»Take these broken wings and learn to fly again, learn to live so free!« Ja, das waren noch Lieder, da hat man sich nicht vor Pathos gescheut. Denkt Henk bestimmt auch. Henk reicht rüber, seine Hand landet auf Kurtis Bein, der singt nicht mehr weiter, als er merkt, dass Henk die Hand nicht wegnimmt. Kurti ist weiß Gott kein Schwein, das was gegen

Homos hat, aber da ist doch was, was ihm verdammte Angst macht. Kurti ist einfach homophob. Echt nichts gegen Henk, aber das geht zu weit.
Kurti: Ich muss jetzt raus.
Henk nimmt seine Hand weg, aber das macht es nicht besser.
Kurti: Echt. Muss hier raus. Halt mal an. (Kurti sieht, dass da eine Tanke kommt)
Henk: Aber du hast doch gesagt …
Kurti ist plötzlich egal, dass er den Weg mit Henk hätte weiterfahren können, durch bis nach Bayern, bis zu den Alpen. Wenn er an die nächsten Stunden mit Henk denkt, wird ihm schlecht. Wenn er an die Schlafkoje hinter ihm denkt, wird ihm kotzübel. Um Henks Mund verzieht sich was.
Kurti ist auch nur ein Opfer seiner Neurosen.
Kurti: (etwas zu laut) Lass mich bitte raus!
Henk: Aber hier kommst du nicht weiter.
Kurti: Ist mir egal!
Henk hält.
Henk: Guck doch, wie du weiterkommst!
Und er fährt.

Noah und ich haben ein Spiel. Das Top-Ten-Spiel. Damit hat es eigentlich immer angefangen. Top Ten der schlechtesten Lieder. Top Ten der übelsten Schimpfwörter. Top Ten der leckersten Getränke. Top Ten der komischsten Städtenamen. Auf dem Weg zum Bus ist die Luft lau.

Wir kommen an einem kleinen Kino vorbei. Es ist geschlossen, aber im Glaskasten davor hängt das Plakat von *Breakfast at Tiffany's*.
Noah: Top Ten der besten Liebesfilme.
Ich: Sortiert?
Noah: Nein. Einfach so. Die zehn schönsten Liebesfilme. Der da auf jeden Fall. (sagt er und zeigt auf das Plakat)
Ich: *True Romance. Romeo und Julia.*
Noah: *Franky und Johnny.*
Ich: *Leaving Las Vegas.*
Noah: *Harry und Sally.*
Ich: Wusstest du eigentlich, dass man am Anfang dachte, dass *Harry und Sally* floppt, weil die die ganze Zeit nur reden? Und jetzt wird er dauernd zitiert.
Noah: Bei dem Film hab ich Marie zum ersten Mal geküsst.

Absolute Giganten. Das ist kein Liebesfilm. Das ist ein Film über Freundschaft. Aber damals hast du mich gehalten. Nichts weiter. Du hast mich einfach nur in deinen Armen gehalten und alles war richtig. Das ist Glück, hab ich gedacht. Und jedes Mal, wenn ich den Soundtrack höre, denke ich daran.
Muss der schönste Liebesfilm ein Happy End haben?

Wenn es jetzt anfängt zu regnen, denkt Kurti, wenn ich hier sitze und nass werde, weil keiner hier vor-

beikommt, dann ist das ein Zeichen. Dann versacke ich hier. Dann bleibe ich einfach hier, für immer und immer. Vielleicht kann ich an der Tanke hier arbeiten. Wer weiß. Wenn es das Schicksal will, schickt es mir einen Engel, der mich rettet. Wenn nicht, dann bleibe ich hier. Das hier muss nicht die Hölle sein.
Kurti blickt empor zum Himmel. Es dämmert. Durch die Wolken ist es schon dunkler, als es zu dieser Tageszeit sein sollte.
Kurti setzt sich auf die Mauer am Straßenrand. Er packt seinen Tabak aus und dreht sich eine Zigarette. Er ist sehr ruhig. Komisch, wenn man bedenkt, dass hier das Wetter über den Rest seines Lebens entscheidet. Es gibt keine Musik, niemanden, mit dem er sich unterhalten kann, nichts zu lesen, kein Stadtplan, kein Flyer, kein Nichts, seine Taschen sind leer. Er wartet.
Plötzlich ist da das Auto. Es steht einfach da. Kurti wundert sich, dass er es nicht hat kommen sehen. Ein alter Opel Askona, feuerrot, so alt, dass man ihn schon aus einem Kilometer Entfernung hätte hören müssen. Der Wagen steht neben Kurti, blinkt, wartet, ob ein anderes Fahrzeug Vorfahrt hat, es kommt keines, der Horizont ist leer, nur dieser rote Wagen in the middle of nowhere. Der nicht weiterfährt. Dann öffnet sich die Beifahrertür. Kurti tritt näher.
Off: Na los, steig ein.
Und er tut es.

Noah: Schlaf schön.
Ich: Ja. Du auch.

Jane's Addiction.
(Wie soll er sie nennen? Wie soll er sie beschreiben?)
Ein Nachtschattengewächs, kein Engel, eine Frau mit nachtschwarzen Haaren, die trotz der Dunkelheit eine Sonnenbrille trägt.
Sie: Wenn dich die Musik stört, dann sag Bescheid.
Kurti ist die Sprache abhanden gekommen.
Die Musik läuft, es fängt an zu regnen, und Kurti weiß: Das ist jetzt der Rest seines Lebens. Er hat noch mal die Kurve gekriegt.
Sie: Wie soll ich dich nennen?
Er: Und wie heißt du?
Sie: Ich nenn dich Sid.
Er: Ich nenn dich Nancy.
Die Kassette dreht sich automatisch um.
Kurti hat noch nie eine Frau kennengelernt, die NOFX hört. Und dann: *Making plans for Nigel*.
Nancy: Alles klar?
Sid: Das Lied ... ääh ...
Nancy: Ja, nicht?
Und mehr müssen sie eigentlich auch nicht sagen.
Es ist Nacht, es ist so, wie Kurti es nur aus Filmen kennt, das wilde Leben, eine Frau dazu, die wahrer Punkrock ist. In reinster Form.
And so be it.

Am Straßenrand leuchtet ein Motel auf.
Nancy dreht sich leicht zu ihm und grinst ihn an.
Dann zieht sie den Wagen zur Seite.

Mittwoch, 18. Juni

Als Kurti aufwacht, ist er allein mit seinem Körper, der nie wieder derselbe sein wird.
Sie ist weg. Auf dem Spiegel mit Schwarz (Kajal, aber das weiß Kurti nicht) geschrieben:
Thank you for a funky time.
Kurti lehnt sich zurück und definiert sich neu.

Und jetzt liegt er neben mir. Die Sonne geht auf. Ich werde wach, weil mir kalt ist. Er wacht nicht auf. Er sagt nicht guten Morgen. Er reibt sich nicht die Augen. Plötzlich weiß ich, was ich machen muss. Ich muss gehen. Ich muss langsam aufstehen, so langsam und leise, dass er nicht aufwacht. Ich muss meine Sachen zusammensuchen und sie ins Auto packen. Ich muss seine Sachen nehmen, sie in einem Knäuel zu ihm legen. Ich muss ihn noch einmal kurz ansehen. Mach's gut, Noah. Dann muss ich fahren.

Kurti rennt zu dem Wagen.
Kurti: Können Sie mich mit nach …
Fahrer: Ich nehme keine Anhalter mit.

Kurti: Ich bitte Sie, Sie sind seit Stunden der Erste, der hier vorbeikommt. Bitte.
Fahrer: (starrt stur auf die Ausfahrt, trägt Anzug, Brille, alles gebügelt, sogar das Gesicht) Ich werde keinen Umweg machen.
Kurti: Das müssen Sie auch gar nicht. Schmeißen Sie mich einfach an der nächsten Raststätte raus.
Fahrer: (schweigt, nickt dann kaum merklich)
Kurti steigt ein.
Kurti: Danke, das ist wirklich sehr …
Fahrer: Ich brauche bei Gott keine Unterhaltung! Schnallen Sie sich endlich an!
Kurti schnallt sich an.

Und jetzt habe ich nur noch ein Ziel. Ich fahre wie auf Autopilot in Richtung Alpen. »I've been through the desert on a horse with no name«, in den letzten Tagen habe ich mir so oft die Strecke im Atlas angeschaut, dass ich sie jetzt wie im Schlaf fahre. »You know it felt good to be out of the rain.« Es ist ganz einfach. »In the desert, you can't remember your name, cause there ain't no one for to give you no pain.« Der Bus gehorcht mir, irgendwann stehen da die ersten Plakate, irgendwann wird der Zeltplatz ausgeschildert. Ich halte, stelle den Bus ab, es sind schon viele da, aber es gibt einen Stellplatz für mich, der recht nahe am Konzertgelände liegt. Das Zelt ist bei Noah. Im Bus liegt nur noch mein Gepäck. Ich räume es auf die Rückbank, breite mein Lager im hinteren Teil aus, lege mich hin. Irgendwann merke ich, dass mein Gesicht nass ist. Ich hab wohl geweint. Das macht nichts. Ich werde trocknen. Es ist ja Sommer.

Auf diesem Sender reden sie die ganze Zeit. Aber endlich ein Lied. Kurti denkt an den Engel von letzter Nacht. Schickt ihr einen Gruß, ein Lied.
Fahrer: Lassen Sie das. So-fort!
Kurti: (erschrickt) Was denn?
Fahrer: Sie summen!

Ich wache auf, weil es zu heiß ist. Ich habe keines der Fenster offen gelassen, die Luft steht und ist zum Schneiden dick. Ich reiße die Seitentür auf und schnappe nach Luft.
Einer: (steht da, schaut mich an, in den Händen eine Decke, die er auf dem Boden ausbreitet) Guten Morgen.
Ich: (muss irgendwie lächeln, weil der eines dieser Gesichter hat, bei denen man einfach lächeln muss) Hallo. Wie spät ist es?
Er: Nachmittag. Hast du Durst?
Ich: Ja.
Er: Dann setz dich.

Kurti: Entschuldigung, ich muss mal, können wir vielleicht an der nächsten Raststätte …?
Fahrer: Nein.

Kurtis Blase drückt. Dieses Gefühl, als würde nur noch ein Tropfen fehlen, um den Blasenriss zu verursachen. Und jetzt fallen in Kurtis Kopf auch nur Gedanken, die mit Großgewässern zu tun haben. Das muss die Hölle sein. Kurti bricht in Schweiß aus.

Kurti: Bitte!
Fahrer: Nein!
Kurti: Herrgott, wollen Sie, dass ich Ihnen auf die Sitze pisse?
Da hält der Mann.
Als Kurti aussteigt und am Straßenrand die Hose öffnet, fährt der Wagen weiter.

Einfach *sein*. Einfach aufstehen, verschwitzt sein, aussteigen aus diesem schwitzenden Bus, raus in den Tag, zu diesem Menschen hin, der noch immer die Hand auf den Platz neben sich gelegt hat. Als ich sitze, öffnet er eine Flasche Cidre und bietet mir den ersten Schluck an. Aus einem kleinen Radio rauscht Musik, vermischt sich mit dem Gitarrenspiel aus einem der Zelte, mit Lachen und Schlägen, die Heringe in den Boden rammen.
Wer bist du wo kommst du her wo gehst du hin. Nichts davon.

Er: Es fängt bald an zu regnen. Die Luft riecht nach Regen. Der Boden ist auch viel zu trocken. Und die Grillen ...
Ich: Ja, höre ich.

Ich ziehe mein Top aus, habe immer noch den Bikini drunter, kremple die Hosenbeine höher und lasse Luft an die Waden. Irgendwann lässt er mich wissen, dass er Joe heißt, und dann weiß er auch meinen Namen. Dass ich allein da bin.

Joe: Schöner Bus.
Ich: Nicht meiner.
Joe: Geklaut?
Ich: Geliehen. Oder so.
Joe: (grinst) Aha.

Es ist wie beim Yoga. In der Ruhephase nach all den anstrengenden Bewegungen liegt man auf dem Boden, eine Stimme sagt: »Entspannt das Gesicht, euer Kinn, die Zunge, die Stirn.« Und während diese Stimme weiterredet, geht man einen Weg in seinem Körper ab, entspannt auch den kleinsten Muskel, bis man schlafen möchte.
Ich will nicht mehr schlafen. Trotzdem fällt etwas von mir ab. Ich gehe die letzten Tage ab, Ostsee, Schützenfest, Tilly, das Fest am Rhein, den Bahnhof, dann der Berg.
Da war es nur noch eine.

Kurti quetscht sich zwischen die Kinder. Die Frau dreht sich um, hat eine Thermoskanne in der Hand, lächelt.
Frau: Sitzen Sie gut?
Kurti nickt. Denkt an die dreihundert Kilometer.

Das Blag neben ihm: Mama, können wir Rolf hören?
Die Mutter lacht dieses Butterwerbungslachen und schiebt eine gelbe Kassette ins Radio.
Rolf Zuckowski und seine Freunde.
Die Kinder fangen an mit ihren Kleinkinderstimmen zu singen. Der Vater fährt los. Die Eltern singen mit.
Nein, Kurti hat sich geirrt. Das hier ist die Hölle.
Und Rolf Zuckowski ist der Teufel.

Joe: Wollen wir ein bisschen gehen?
Er steht auf, reicht mir die Hand und zieht mich hoch. Als ich seine Hand nehme, geht ein Wind durch mich. Es ist nicht so, als würde Noah mich anfassen oder Freder. Es ist irgendwie anders. Und jedes Mal, wenn er mich berührt, ist es so. Ein kurzes Gefühl, zu kurz, um es wirklich orten zu können.
Joe: Und wegen wem bist du hier?
Ich: Vergessen.
Joe: War ne lange Fahrt, was?
Ich: Verdammt lang, ja.
Die Kamera fährt über Zelte, Hippies, die zu spät in der Zeit sind. Unter Bäumen entlang auf einen Platz zu, an dem sie die Verkaufsstände aufgebaut haben. Falaffel werden frittiert, Würstchen gebraten, silberne Ringe liegen auf dunkelblauem Stoff, Kleider flattern von Stangen. Immer wieder nehme ich einen Schluck aus der Cidreflasche, frisch, aber irgendwie auch berauschend, weil es doch Alkohol ist und keine Limo.

Joe bleibt plötzlich stehen.
Joe: Da ist er ja.
Er schaut in den Himmel und ich sehe es auch. Dicke Wolken ballen ihre Fäuste und schieben sich vor den blauen Himmel. Die Kleider flattern immer heftiger, ein Windspiel klimpert, die Menschen laufen schneller, Planen werden gespannt.
Joe nimmt wieder meine Hand und zieht mich hinter sich her zurück zu den Zelten. Es wird dunkel, so dunkel, als hätte jemand Vorhänge zugezogen.
Als wir in sein Zelt kriechen, fallen die ersten Tropfen. Ich schaue aus der kleinen Öffnung nach draußen, sehe Füße rennen, bevor der Boden zu Matsch wird. Dann drehe ich mich zu ihm um.

Ich: Ich bin jetzt hier.
Joe: Ja? Schön.

Er kann gar nicht wissen, was ich meine. Dass ich sonst immer nur an den nächsten Schritt denke. Beim Abi denke ich an die Zeit danach, an die Fahrt, und wenn wir fahren, denke ich nur ans Ankommen. Und jetzt? Jetzt weiß ich nicht mehr, woran ich denken soll. Was passiert, wenn man sein Ziel erreicht hat?

Joe: Haste Lust, was zu rauchen?

Ich nicke. Dann ziehe ich nur einmal. Mehr muss ich auch nicht, das Zelt ist bis oben hin voll mit Rauch. Ich lehne mich zurück, mein Kopf macht Musik aus dem Regen und dem Wind, dem Donnern und Blitzen. Ich versuche eine Melodie herauszuhören, aber da ist kein Refrain, es geht einfach so weiter, der Regen lässt sich nicht in Takte pressen, kann sich nicht entscheiden zwischen Dur und Moll. Das ist mein Film. Weil ich jetzt hier bin. Weil er bei mir ist, sein Körper an meinem, dass da dieses Gefühl wiederkommt, warm und plätschernd, durch mich hindurch. Es wird dunkler. Er atmet neben mir, meine Härchen an Armen und Beinen strecken sich nach ihm, ich rutsche näher an ihn ran. Das Zelt liegt im Dämmerlicht. Ich denke plötzlich, wie schade es ist, dass Jeff Buckley tot ist. Und wie schön es ist, dass er Musik dagelassen hat. Und dann küsse ich ihn. Die Musik geht weiter. Es gibt keinen Text, den ich aufsagen muss, »there's no time for answers no time for questions«. Es ist mein Film. Wir. Jetzt. Hier. Nackt, nebeneinander, aufeinander, kurz seine Hand, die nach einem Gummi greift, ihn überstreift mit meiner Hand, er muss meine Beine nicht öffnen, ich lasse ihn rein, dann tut es weh, ein bisschen, aber das überlebt man. So schnell stirbt man nicht, hat Mama immer gesagt. Ich sterbe nicht, ich bewege mich, er bewegt sich. Das Gefühl, jemanden in mir zu haben, ist fremd, so kenne ich mich nicht. Das ist es also. Es ist kein Feuerwerk, kein Blütenregen, es ist ein komischer Tanz, den ich nicht so ganz verstehe, und ich frage mich, ob ihn irgendwer versteht, denn sonst müssten sie nicht so viel drüber reden. Er küsst mich, was ablenkt, ich sehe nach unten, sehe seinen Schwanz in mir verschwinden, rein, raus. So ist das also. Dann mache ich die Augen zu. Das ist es also.

Donnerstag, 19. Juni

Als es heller wird, richte ich mich langsam auf. Ich muss noch ein Foto von ihm machen, ich habe nur meinen Kopf zum Aufnehmen. Die Kamera beginnt an den Füßen, die hornig daliegen, fährt die Beine hoch, braune Haut, Haare, die sich wie bei anderen Männern locken, Knie, eine kleine Narbe, weiter nach oben, auf dem Oberschenkel liegt eine Hand, habe ich seine Hände gemocht? Sind das Malerhände, Klavierspielerhände? Ich sehe ihn von oben bis unten ab. Vielleicht ist er sogar schön, wer weiß. Vielleicht hätte ich mich sogar in ihn verliebt, woanders, wannanders, wer weiß. Noch ein Blick auf sein Gesicht, die dunklen Haare fallen ihm in die Stirn. Ich weiß nicht mehr, welche Augenfarbe er hat, ich werd's nicht mehr erfahren. Dann ziehe ich mich an und gehe.

Das Gehen ist komisch. Es tut ein wenig weh, es ist okay. Der Mensch braucht Souvenirs, se souvenir heißt sich erinnern. Und das werde ich.

Auf dem Platz haben sich schon ein paar aufgebaut. Die großen Bands spielen erst ab dem Nachmittag.

Jetzt treten Bands auf, die irgendwelche Wettbewerbe gewonnen haben. Vielleicht werden sie mal berühmt. Die Sonne ist wieder draußen, nur noch eine kleine kühle Ahnung erinnert an das Gewitter der letzten Nacht. Ich habe die Sonnenbrille aufgesetzt, fühl mich anders, fühl mich verkatert. Seht her, ich bin jetzt eine Frau, ich bin das letzte der zehn kleinen Negerlein. Ich hab mein Herz verloren, meine Freunde und jetzt auch noch meine Jungfräulichkeit. Alles ist anders, aber hier interessiert das niemanden. Neben der Tribüne hängt ein Plakat, an dem die Uhrzeiten der Konzerte für heute dranstehen. Es ist mir egal. Ich muss grinsen, als es mir auffällt. Dass es egal ist, es ist hinfällig. Die Band auf der Bühne bekommt mäßigen Applaus, kündigt das nächste und letzte Lied an, einszwodreivier, Auftakt, ich drehe mich um, und da steht Kurti.

Kurti: Mensch, Rike, da biste ja.
Ich: Mensch, Kurti, da biste ja endlich.
Kurti: Rike ...
Ich: Komm, Kurti, wir fahren.
Kurti: Wohin?
Ich: Nach Hause.

Wir gehen zum Zeltplatz, Kurti neben mir wie ein Ritter, der grade aus der Schlacht kommt, ohne den versprochenen Drachenkopf in den Händen. Er schreit mich nicht an, läuft, richtet sich langsam auf, dehnt seinen Nacken, und kein einziges Mal sieht er mich an.

Das Zelt liegt noch im Schlaf. Mach's gut. Wir steigen ein, öffnen die Fenster. Kurti steigt auf den Beifahrersitz, ich stecke den Schlüssel in das Zündschloss. Letzte Etappe.

Epilog

(Aus Ihrer Beschreibung
muss ersichtlich sein,
welchen Ausgang
Ihre Geschichte nimmt.)

Schreiben Sie auf ca. 3 Seiten frei aus Ihrem Leben.

Wir kommen vom Flachland. Da, wo wir wohnen, kann man weit schauen, kein Berg, der sich einem in den Blick stellt. Nichts, was man übersehen könnte. Nichts, was man verpassen könnte. Nur die Ahnung nach mehr. Sich einmal drehen heißt einen Radius abstecken, ein Kreis, den ich gezogen habe, mit Menschen, die ich kenne, Stellen, auf die ich meine Schritte gesetzt habe.
Freundschaften. Menschen, mit denen man nicht nur viel Zeit verbracht hat, man hat diese Zeit auch noch gerne mit ihnen verbracht. Und wenn die Schule vorbei ist und sich unsere Wege trennen, versprechen wir uns, dass wir für immer und immer Freunde bleiben werden. Fünf Jahre später reden wir vielleicht schon nicht mehr miteinander. Wir schauen uns die alten Abizeitungen an, in denen wir uns gesagt haben, wie wichtig wir waren.

Kurti: War das nicht grade …?
Ich: Ja, das war er.
(Pause. Eine Pause für Fragen wie: »War Noah nicht auch dabei? Wo will der denn hin? Wo sind überhaupt Sissi und Lex?« Trotzdem noch Pause. Noah, der mit seinem Schild auf der anderen Seite der Straße gestanden hat, fällt weiter zurück. Irgendwer wird ihn schon mitnehmen.)

Kurti: Ist viel passiert, was?
Ich: (nicke)

Die Nächte mit ihm waren schön. Vielleicht, weil sie geheim waren. In den Nächten mit ihm war ich eine andere. Da war ich eine Frau. Da waren wir zusammen, nicht mehr zwei Kinder, die sich übers Lagerfeuer hinweg angesehen haben. Mann und Frau. Rike und Noah. Auch wenn keiner es weiß, ich habe meine Spuren auf seiner Haut hinterlassen, ein Teil in ihm riecht noch nach mir, und das wird so bleiben. Das kann mir niemand nehmen.

Mein Handy klingelt. Kurti geht ran.
Kurti: Ja? (...) Kurti (...) Nein, ist schon O.K. (...) Wo seid ihr denn? (...) Gut, dauert noch so ne halbe Stunde. (...) Kein Ding. Bis dann.
Ich: Was war?
Kurti: Wir sollen die restlichen Schafe einsammeln.

Kurt schmeißt eine Kassette ein, Quarks, *Königin*. »Es wird gut, es wird besser, wenn ich Himmel seh, bin ich da, ohne dich, vielleicht mehr sogar, ohne dich vielleicht, mehr, sogar besser.« Manchmal schaue ich kurz zu Kurti rüber und frage mich, was passiert ist. Irgendwas in seinem Gesicht ist anders. Als Kurti meinen Blick bemerkt, grinst er mich an, schubst mich an und dann
Kurti: Ey, schau auf die Straße! So schön bin ich auch nicht.

Lex und Sissi stehen an der Raststätte wie verabredet. Sissi lächelt mir zu. Sie setzen sich auf die Rückbank, jeder schaut aus seinem Fenster. Das ist ein Epilog. Das Ende des Films.
Das ist mein Film.
Das ist erst der Anfang.
Und so wird es vielleicht weitergehen:
Sissi wird sich bald schon wieder verlieben. Es wird ein anderer sein, nicht Ralf. Sie wird in Leipzig angenommen. Sie wird eine Distanzbeziehung führen. Dann werden sie zusammenziehen.
Lex zieht irgendwann nach Hamburg, beginnt eine neue Beziehung, und jedes Mal, wenn ich ihn treffe, wird er mich fragen, wie es Sissi geht. Ob sie glücklich ist.
Noah wird Marie heiraten.
Ich werde nicht an der Filmakademie angenommen.
Ich habe mich gar nicht beworben.
Es geht weiter. Wir stehen auf. Und gehen los. Und irgendwann wird unser Gehen auch eine Richtung bekommen.